Character
登場人物

泷 *prince*

龙之国王子。黑发乌瞳，棱角分明，刀削斧刻一样的轮廓，笔直而高挺的鼻梁，眼瞳很深很深。下巴微尖，有些高傲而自负。有凌厉的，透彻的目光。

灿 *prince*

森之国王子，酒红色的头发，深酒红色眼瞳。有种说不出的阳光般开朗的帅气，就像看到了夏日大海上那碧蓝碧蓝的天空。

信 *prince*

雪之国王子。浅紫色的长发，浓密的睫毛，面孔白皙如无瑕的美玉。眼角下一颗浅淡而迷人的灰色泪痣……

Character
登場人物

星盟

瑾 prince

风之国王子。他有着一头长长的飘扬的蓝发，俊美中带着一丝强大的压迫力，帅气中带着七分令人臣服般的霸气！

凉 prince

海之国王子。有着一头墨绿色的发，一双漂亮的深绿眼瞳就像是一对杏仁般精致漂亮。，双耳垂上各戴了一只深绿色的泪滴状的耳钉。

月 prince

晶之国王子。一双凤眼似笑非笑，欲说还休。栗色眼瞳明亮柔软金亮的发梢顺着校服洞开的领口，悄悄地滑进敞开的胸膛上。

花样龙之国 1
HUAYANG LONG ZHIGUO

目录

- 001 / **序幕**
  再见，朱利安

- 005 / **第一章**
  穿越阿特亚斯大陆

- 031 / **第二章**
  皇家龙学园

- 053 / **第三章**
  别惹大魔王

- 077 / **第四章**
  梦里幻境

目录

- 103 / 第五章
  斗命棋

- 135 / 第六章
  友情的信任

- 167 / 第七章
  瑾之章

- 195 / 第八章
  风吹来的国度

序幕
再见，朱利安

朱利安用力地握住西娜尔的手，两道剑眉拧在一起："娜尔！我是不可能和你分开的！无论发生任何事，无论他们是要杀掉我还是要把我丢进炎龙之坑，我都不会离开你的！难道你忘记了吗，娜尔，我们曾经在云天塔上许下的誓言；无论发生什么样的事情，今生来世，我们都不会放开彼此紧握的手。"

呼呼——呼呼——

山谷里，传来风声。

树叶在枝头沙沙作响，轻软透明的薄雾在林间穿梭徘徊。

咚咚咚。

忽然山路小径上传来一阵急促而杂乱的脚步声。

这声音惊动了林中的飞鸟，呜啦啦地振翅冲破雾气浓重的天空。

"快！娜尔，快跑！"短促的男声在山路上响起，清晨的阳光映在他俊美的侧脸上，光洁额头上那一层密密的汗珠像是在他脸上铺了一层晶莹闪耀的钻石，英俊精致到让所有人都会为他心碎。

"我……我快跑不动了……"她提着长长的绯色裙子，喘息着觉得自己的脚步越来越沉，"朱利安……你……不要管我了，你先走吧！"

"不可以！"

他猛然转过身来，身上墨绿色的长衫，金黄色的盔甲碰撞着他腰间

佩戴着阿及琉亚时光之剑。虽然因为长时间的奔逃躲避，他黑色的长靴与金色的战袍上都沾上了灰尘，但是却丝毫阻挡不了他如太阳般英俊夺目的美貌与满身上下散发出来的高贵气质。

朱利安用力地握住西娜尔的手，两道剑眉拧在一起："娜尔！我是不可能和你分开的！无论发生任何事，无论他们是要杀掉我还是要把我丢进炎龙之坑，我都不会离开你的！难道你忘记了吗，娜尔，我们曾经在云天塔上许下的誓言：无论发生什么样的事情，今生来世，我们都不会放开彼此紧握的手。"

她的心，一下子就被撞痛了。

眼泪盈进她乌璃般的眼瞳里，在光影下晶亮闪烁着，灼灼如水影。

"朱利安……"

"娜尔……"

他们的手，紧紧地握在一起。

他英俊的碧绿色的眼瞳，闪着水晶一样的光芒；她漆黑的眼珠，眸光里只映出他的表情。

他们是命中注定的恋人啊。

命中注定永不分离的爱人。

"快看！他们在那里！抓住他们，重重有赏！"

"抓住他们一对，带回去可以得到二百联合金币的赏金！快冲啊，抓活的！"

忽然之间，山谷的小径上就传来一阵激烈的呼喊声。

他们几乎是同时回头！

已经有足足几十人拿着各种各样的武器朝着他们冲了上来！天空中，翱鹰发出尖利的啸叫！他们来了！追上来了！从天空到地狱，已经把他们团团包围！

"朱利安！"西娜尔惊慌失措，紧紧地握住朱利安的手。

朱利安怒目圆睁，他那两道如利剑般的浓眉，凌厉而凶狠地瞪住那

些冲上来的人!

没有时间了!没有机会了!没有可能了!

他转过头来,紧紧地,一把抱住西娜尔。

"娜尔!"他猛地拉她进怀,叹息般地叫她的名字,然后低头紧紧地吻住了她!

啊——

西娜尔只觉得自己的心脏,都被这个吻深深地刺痛了!

就算跟朱利安吻过一千遍,就算被他抱过一千次,每次跌进他怀里的时候,却依然是那样那样的幸福!可是现在这种幸福,在那些追了他们已经七天七夜的人面前,却成为了最痛楚的一次!她害怕这个亲吻,害怕他会放开她的那一刻,她害怕如果吻完,他是不是就要真的放手离开!

"娜尔,我爱你!"他在她的唇边,低低的密语,"来世今生,你都要记得,我是多么多么的爱你!"

"朱利安……"西娜尔的眼泪终于慢慢地流下来,淌到他的唇边。

他轻轻地放开她。

花瓣一般绯红的嘴唇上,还有着她晶莹如钻石般的泪滴。

"娜尔,我们来生……再见了!"朱利安忽然说出这一句话,然后蓦然抓住她身上的紫红色斗篷,接着伸手把她一推!

西娜尔被朱利安重重地一推,已经朝着山路旁边的一处半山腰的深潭里跌了下去!

"啊!朱利安!"西娜尔大叫一声。

扑通!

朱利安眼看着那绯红色的长裙如同是山谷里怒放的春樱,裙裾在半空中动人地飞落,接着,整个人猛地跌进了深深的潭水中,乌黑如玉般的长发在水面上散开……消失……

晶莹的泪花从他的眼睛里流了出来,他紧紧地抱住那件紫红色的天鹅绒斗篷，哭泣般的声音——

"娜尔……再见了……娜尔……"

接着他转身，抱住那斗篷像是抱住了她一样朝着山上奋力奔跑！

那些追逐的人像疯了一样地朝他涌了过去！

跌进深潭中的她，只看到湖水荡漾，透明的水气泡泡中，他被那些疯狂追逐的人从身后匆匆赶上。他拔出利剑和他们争斗，但是寡不敌众，在刹那间有人从他的背后猛地袭来，一柄银色的牙棒朝着他的脊背狠狠地砸了过去！

"啊——"山谷里，传来他痛楚的叫声。

山鸟惊飞。

鲜血迸溅。

他身上金黄色的盔甲被自己心窝里流出来的鲜血淋漓到那种斑驳的颜色。

"啊，只有他自己！这只是件斗篷！"

"那个女的呢？他把她藏到哪里去了？！一定要抓到她！"

他有些绝望地转过身来，朝着那半山腰上的深潭深深地凝望一眼，接着在所有人将要对他冲过来的那一刻，身体用力地向后一倾——

呼——

万丈深渊的冷风，吹过他浓密而狂乱的金发。

咚！

朱利安，向着深不可测的深渊里，永远地跌落下去！

"不——"她在水中惊喊出声！

但是，没有人会再听到她的声音，她的喉咙里也再发不出声。

所有所有的一切，化作了金色的水晶泡泡，化作了他从悬崖峭壁飞身而落的那一瞬间，纷飞的泪珠……不，朱利安！

第一章
穿越阿特亚斯大陆

"你别想怎么脱掉它,也没有人可以脱掉它。它会永生跟随着你,除非当你拿到琉之钻,它才会出现。从现在开始,我要你以男子的身份进入龙之国皇家学园,但是,记住,你只有一年的时间,一年之内如果你收集不到六颗琉之钻,那么,等待你的,只有死亡。"

Chapter 1 平凡女生

"不——"

我叫不出口,我的喉咙发不出声音,我觉得快没有氧气了,没有办法呼吸!

"啊!"

我蓦然从自己的梦里惊醒,咚的一声就从床上坐直起来。

一直蹲在我的睡床对面,穿着一身棕黄色毛茸茸的睡衣,活像热带雨林里的小猴子般的苏时对我眨眨眼睛。然后忽然咚的一下从床上跳下去,跳到左边低声沙哑着说:

"噢,亲爱的,别离开我……"

然后又咚一声跳到右边仰头细语:"哦,我们会永远在一起,永不分离……"

左边一往情深："啊，无论来世今生，请握紧我的手不要放开……"

右边泪花盈盈："噢，亲爱的，我爱你，永远永远……"

呃——怎么突然，这么冷……

我刚从梦中惊醒，脑子里还有点混沌，有点呆呆地望着在我面前跳来跳去一人扮双角，好像在演深情独角戏的老弟苏时。足足怔了三十秒我才醒悟过来，原来苏时在学我的梦！

"喂，你这个家伙！你居然偷听我做梦！"

我抄起一个枕头狠狠地朝着弟弟砸去。

苏时这只小猴子有多精多快，他一个侧翻咚咚咚地就朝楼下跑去，一边跑一边大呼小叫："妈！妈！老姐醒了！今天用时一分十三秒，妈我赢了！给我十块钱零花钱！"

我手中的枕头没砸中苏时，倒是砸到了床尾。

可是，怎么回事？我鼻子怎么不通？鼻尖上怎么痛痛的？两只眼睛中间好像有什么白色的障碍物，我忍不住伸手去摸——

"苏时！你想死了！居然在我的鼻子上夹晾衣夹！你想疼死我，还是想害死我！"

我光着脚咚的一下就跳下床去，然后朝着楼下的餐厅咣咣咣地跑过去。

苏时正拿了老妈给的零花钱，一看到我杀下楼来，立刻拔腿就跑："你睡得跟猪一样，不用晾衣夹再半个小时你也醒不来！要不然我考虑下明天用冰水？"

"苏时！"我气得抄起那枚夹到我肉痛的晾衣夹朝着苏时就抽了过去。

苏小弟可是比我还小上三岁，小男生十三岁正是身手敏捷、爱跑爱跳的年纪，我们两姐弟又从小打架打到大，他根本不把我的攻击波看在眼里！只见得苏时一个弹身而起，直接横跳过餐桌，左侧身躲过晾衣夹，右手直接抄起老妈做好的三明治！嘿咚！稳稳落地！十分！

"当当！"苏时摆出一副胜利的姿态，"苏秒秒威震天你的攻击招太落后了，去更新下你的内存再来吧！"

威震天？！他拿我当《变形金刚3》？！

"妈，你看他！"我实在打不过老弟，只好求救老妈。

老妈正在煎锅子里的烟肉，回头看了一眼苏时。

苏时连忙抢在老妈之前说："老妈你不用说我，我可是成绩优秀、听话认真的乖宝宝，反而这位老姐、你的宝贝疙瘩，除了历史没有一门成绩是合格的！昨天的几何考试可是只有'36分'哟！"

什么？！

妈妈立刻把目光转到我的脸上。

啊啊啊——苏时你这个坏家伙！

我被老弟揭了底，气得脸色都要发青了。可是一看到老妈投过来的目光，连忙对着老妈挤出一个勉强地微笑："妈……其实没那么糟糕啦……"

"多、少、分？"妈妈一个字一个字地问。

"比36多啦！"我连忙对老妈露出一整排白白的牙。

"到底多少分！"妈妈把锅铲往锅子上一敲。

"36.5。"

"苏——秒——秒！"

一刹那间，苏宅轰轰震动如山响，妈妈的河东狮吼震荡波震出方圆五百里，家家户户玻璃碎裂，杯子纷飞，衣裳飞舞，魔音穿耳。

我吓得捂住耳朵躲进餐桌下。

妈妈把头探到桌子下面生气地对着我瞪圆眼睛："苏秒秒，我警告你，如果你以后再胡看乱看什么历史故事，神话传说，魔法精灵，我就把你的书全都撕成七半！下次考试再有不及格的，你就不用回家来了！"

呜呜呜……好凶的老妈，呜呜呜……难道真的要抛弃我吗？呜呜呜，不是我故意考试不及格，实在是我对那些点、线、面，几个棱角几个线段没有什么兴趣嘛。再说，那些东西就算学习了，以后生活工作中都也用不到呀。难道以后走到哪儿还得计算这东西长了几条线不成？

于是，半个小时之后。

8点05分，我和好朋友夏萌约好一起去图书馆还书的时候，手里举起来的就已经是被老妈撕成两半的——《精灵国奇缘》。

"哇……"夏萌透过分成两片的书册看着我委委屈屈的脸，"秒秒，你老妈好厉害耶，撕得刚刚好，一边一半，一模一样的大小！高手啊，撕书中的高高手啊！"

"萌萌！"我委屈地瘪着嘴，"难道你这是在安慰我吗？"

"我是在嘲笑你，"夏萌忍着笑，看到我的表情更委屈了，连忙说，"不是啦不是啦，我是在安慰你，我真的在安慰你啦，你看我真诚的眼睛！"

真诚个妹啊！

她眼睛里明明就写满了笑意，就差没扑哧出来了！

"好啦好啦，一会加餐牛奶我请，算不算安慰啦？"萌萌只好使出自己的"吃人嘴软"的必杀绝招。

我还是委屈地扁着嘴："虽然你能安抚我的嘴巴，可还是无法安抚我那颗受了伤的心！这本书要拿去图书馆还的！图书馆里可是规定书籍损毁定价五倍赔偿！呜呜呜，我这个月下个月的零用钱都飞啦……"

"哎呀，好啦好啦！"夏萌看我真的快哭出来了，只好拍拍我的肩真的安慰道，"好了秒秒别伤心了，反正你看这么多传奇精灵小说，还不是为了话剧社社长小帅哥的新人选拔。说不定他一看你这么楚楚可怜的样子就一下子选上你了呢？啊，对了，我这里还有另外一本书，你看看这书上的小帅哥，是不是比话剧社的社长更有魅力呢？"

萌萌从自己的书包里拿出一本厚厚的书来，塞到我的手里。

我泪花朦胧的，低头一看这竟然是一本非常古老的穿线书。书名叫做《阿特亚斯大陆》。

哎，好像在哪里曾经听过似的。

我翻开那旧旧的书页，厚厚的棕色丝绒页之后，是一张雪白的雪花宣纸，纸张经过了近百年的历史，竟依然历久如新。宣纸之下隐隐约约地透出淡淡的人影，那坚韧华丽的轮廓，似乎像是说明了那是一个多么英俊而帅气的人影……

我慢慢地翻过那页薄薄的宣纸。

啊……

几乎就要倒抽一口冷气了。

这厚书扉页上的人像，竟然就是我梦中的那个男生！

一头浓密的淡金色长发，一双碧绿如宝石一般的眼睛，深绿色的丝绒长衫，金黄色的盔甲！手中持的正是那华丽无比的阿及琉亚时光之剑，而他全身散发出来的强烈的高傲优雅的贵族之气，即使只是印在书上，也能强大到令看到的人想向他不由自主地臣服！

最重要的，影像下面的名字正是：朱利安·阿琉克斯。

我吃惊得连话都说不出来了。

夏萌看到我倒抽一口冷气的样子，忍不住笑眯眯地说："怎么样，这小帅哥可以安慰你受伤的小心灵了吧？这可是阿特亚斯大陆最后一任的王子，传说中阿琉克斯家族在统治了阿特亚斯大陆一千五百年之后，大陆被分裂成六片，每一片都有了新的王，现在被叫作龙之国，雪之国，森之国，海之国，风之国和晶之国。每个国家都有着与众不同的特产和地质，但也因为彼此的不融合而每天打到天昏地暗；似乎在经过上百年的战争之后，现在暂时联合为一，但是谁知道什么时候他们又会大打出手呢……"

我基本上都没有听清萌萌的话。

我的整个神智都落在这副印在书上的影像上。

朱利安·阿琉克斯。

怎么可能……怎么可能那么像！怎么可能连名字都一模一样……我怎么可能会梦到书中的人物呢？又怎么可能连书中的人像都梦得一清二

楚……而且,他的脸是那么的清晰,他飞身从悬崖上落下的时候,那散开的泪花,都晶莹成一颗颗钻石的模样……

"苏、秒、秒?!我说的话你有听到吗?"夏萌突然在耳边用力地叫我。

"啊,我听,我听到了!"我连忙点点头。

才怪。

夏萌的脸上分明是这一句。

"秒秒——"忽然从草坪上急匆匆地跑来一个同学,"今天晚上话剧社就要招考,我们一起定做的男装校服你拿来了没有?"

"啊!我完全忘记了!"我惊呼一声。

今天晚上的招考我打算和这位女同学搭档演戏,我要扮演一个痴心等待了公主十一年的男生,因此要准备一身适合我尺寸的男装校服。可是我却完全给忘记光光了!

跑过来的女生对我一脸鄙视的神情。

"啊,我第一节没有课,现在还有半个小时的时间,我这就去裁缝店里拿回来!"我抬手看看表,计算了一下时间,应该可以的。

我立刻转身就朝校门外跑去。

"哎,你赶得及吗?"萌萌在后面大声地问。

"赶得及!"我一边跑一边大叫,"记得帮我占位子,我很快就会回来的!"

很快!

很快……

半个小时后,8点45分。

我提着刚刚取到的定做的衣服返回学校,甚至因为要试下尺寸,我把自己的那件男装都穿上了身。没想到平时穿惯了校服裙一下子换上校服裤子还蛮舒服的。

但当我走到离自己的学校还有一条街的那个很繁华的路口时……

叮铃铃——叮铃铃——

半空中，忽然响起了一阵清脆如天籁般的铃音。

就在这铃声响起的片刻，忽然之间，整个世界都刹时静止了！

Chapter 2 黄金马车

世界，静止了！

在那一串神奇的铃音过后，我忽然觉得身边的世界像是被凝固了一样地安静下来！

车水马龙的路口，等待过马路的人群，川流不息的车队，旁边繁华百货公司的超大荧屏，路边做活动的促销舞台，路中央闪烁的行走红绿灯——停止了！一切，都停止了！

人们维持着各种姿势停在我的身边左右，车队鸣叫的喇叭，轰鸣的马达声都瞬间消失了，百货公司的大荧屏上的广告画面停滞了，促销舞台上的歌者拿着麦克风张着嘴却不再歌唱，路中央的红绿灯像被冻住一样一闪不闪，连路边花池里奔跑的小狗都维持了漂移的姿势，花坛中央的喷泉溅出晶莹的水花，而水流像是凝成了透明的水晶一般……停住了。

一切全都停住了！

哎？！

我奇怪地瞪大眼睛。

这是，发生什么事情了？怎么所有的人都像是中了魔法一样地一动不动了？全世界安静下来，好像只剩下了我自己一样！我忍不住抬起手腕来，看看自己腕上的手表。

更神奇的事情——手表居然还在移动，但是秒针就像是被施了魔法一样，只是在同一个格子里来回地闪动！

"啊，我的表！"我忍不住惊呼，"时间怎么……"

叮铃铃——叮叮铃——

那串悦耳的铃音在半空中更加清脆地回荡起来。

并且声音越来越近，越来越清晰，越来越朝着我的方向奔过来。

我有些惊讶地抬起头，竟然发现在凝固了的整条街道上，有一辆金黄色的、由四匹雪白色大马拉动的中世纪复古马车朝着我的方向飞快地驶来！

哎……

我惊讶地瞪大眼睛。

马车？黄金马车？花纹雕刻无比复古华丽，而且还是由真的马拉的马车！居然会在这个地方出现？在这个繁华的城市里？！这不是在拍戏也不是在复古游行……怎么可能！

叮铃铃——叮叮铃——

随着铃音越来越清晰，马蹄声响越来越加大，马车直接飞驰到我的面前，然后突然停下。

我下意识地后退半步。

黄金马车的车头上立刻跳下一个身穿黑色燕尾服，戴着黑色呢质礼帽，领口还系了一只紧紧的小蝴蝶领结的胖胖男人，对着我行了个很英式的绅士礼："Miss. 苏，很高兴见到你，请上车。"

啊哈？！我吃惊地瞪圆眼睛，我是听错了还是模糊了，这个人说Miss. 苏？！

"哎，你是……"

这太奇怪了吧，满街都是停止的人，物，时间，但是这辆马车上的人却行动自如！好像全世界只剩下了我和他们，这是不是太奇怪了吧！

"噢，"胖胖的礼服男人四处看了一下，"你是在疑惑这个世界怎么都停止了吗？别担心，其实不是时间停止了，而是我们进入了时间的缝隙，在每一秒和下一秒之间，都会有一个连接的时光之隙，我们只不过是利用这个缝隙，不让那些平凡的巴布人看到我们而已。"

"时光之隙？巴布人？"我怎么听得一头雾水。

礼服胖男人清清嗓子："巴布人就是那些平凡的人类，因为他们实在太愚蠢了，所以我们就叫他们巴布人。"

平凡的人类……愚蠢……巴布？！

我都快被他说晕了。

"Miss.苏，请上车吧？"胖男人又对我行了一礼。

哎？我瞪大眼睛。让我上车？可是我连他是谁都不知道呢，妈妈不是从小就说，不可以跟陌生人随便走……

"可是……"我犹豫地后退。

突然之间，黄金马车的车门被咣的一声推开，有个巨大的全身泛着绿光的男人从车里嗖的一下跳下来，一边跳一边大手把我猛地一抓："德姆，你真啰嗦！她是我们的猎物，你还跟她客气什么！"

"啊！"我一下子就被绿巨人给捉了起来，直接像拎小鸡一样地丢进黄金马车里！

"可是，她是主人的客人……"胖男人大叫。

"客人个鬼呀！"绿巨人凶神恶煞般地猛地跳上车，"快点开车，你这个巴布！"

胖男人一下子就被激怒了，他跳起来大叫："你才是巴布人！"

"你才是！"绿巨人立刻骂回去。

德姆居然也猛地拉开黄金马车的车门，咚的一下子跳进马车里，狠狠地朝着绿巨人就扑了过来！我被吓得猛然后退，这两个人居然在黄金马车里打起来了！咚咚咚！从东边摔到西边，又从西边滚到东边！

哎……这……这是什么情况？

我惊讶万分地看着这两个打成一团的人，忽然之间发现黄金马车居然缓缓地开动了！

"车子……动了！"我吃惊地连忙探出头去。

没有人驾驶的黄金马车，在四匹白色的高头大马的拉动下，竟然开始缓缓地向前移动了。更神奇的事情是，刚刚还在静止的人群，也像是开始渐渐苏醒过来，街上的红绿灯开始闪动，人群向前走，车子川流，歌者歌唱，荧屏上的广告继续播放！可是，没有人看到我们！没有人可以看到这辆黄金马车！马车甚至直接行到了马路中央，一辆重新开动的双层公交车就向着这辆黄金马车直冲过来！

"啊！要撞车了！"我尖叫着捂住自己的眼睛！

但是！巨大的公交车却从黄金马车的车身之中横穿而过！马车被从中间断成两截，但是在公交车经过之后，后面的那一半居然又自动地弹回来，啪的一下像被拉长的口香糖一样自动黏合在一起！

哇……天……天呐，这，这到底是什么？！我究竟……究竟被扔到了一辆什么样的车子上！这些人到底是什么人？！我到底要被带到哪里去？！

我眼看着马车踏踏踏地前行，而那两个人还扭成一团，在马车的正前方，已经出现了这座城市中最高的那一座摩天大楼！大楼足足有两百层高，简直是高耸入云霄一般地横在我们的面前！可是那四匹无人驾驶的白马，没有停下脚步，却一路撒开四蹄，以越来越快的速度朝着那座摩天大楼勇猛地冲了过去！

"啊……啊！楼！大楼！"我终于再也忍不住地惊叫起来了，"你们不要再打了，我们……要撞到楼上了！"

正和绿巨人扭成一团的德姆回头看了一眼前面的路，竟然丝毫不管我的大叫，回过头一拳又砸在绿巨人的眼上："你这个白痴！"

"你这个巴布混种！"

"你才是混种！"

两个人继续打成一团。

我简直要被他们两个人雷倒了。可是面前，摩天大楼就在眼前！

马车……漂亮的雪白的四匹大马，拉着这一辆金黄华丽的复古马车就要朝着大楼狠狠地撞过去！撞过去！再下一秒，所有人就会被撞到粉

身碎骨！

"不要……不要！不要啊！快停车！停下！"我几乎都已经看到摩天大楼办公室里，那些走来走去的白领办公人员了！再一秒钟，马车就会撞碎透明的办公室玻璃，黄金马车会被那坚固的水泥墙撞成稀烂的南瓜！

可是！

就在这一刻间，最不可思议的事情发生了！

四匹雪白雪白的马，在勇猛地奔向那一栋摩天大楼时，摩天大楼像是刚刚的时光之隙一样，竟然从楼的正中央分裂出一条宽广的路径，而黄金马车就向着那条宽阔的路上欢快地奔去！

"天啊！"我被吓得简直要捂住自己的胸口，眼睁睁地看着自己在大楼的裂缝中穿行而过。被断开的办公室里那些走来走去的工作人员，隔着巨大的裂缝，竟然能直接从这一断边，走到那一断处！完全不会掉下来！完全不会！

这……这简直已经不是魔法，这是奇迹！奇迹！

而在大楼裂缝的尽头，竟然是一处悬崖！

马车奔驶而过，眼看就要直接摔下悬崖！

"天呐！"我吓得捂住眼睛！

我已经没有办法再看了，自从上了马车，这一切真的太奇怪，太神奇，太不可思议了！我不敢想象接下来会发生什么……我已经被吓到思想都短路掉了……悬崖……估计就算掉下悬崖我也完全没有任何办法……

踏踏踏踏……马蹄声疾。

而瞬间——巨大的翅膀振动的气流，直接穿过马车的车窗，呼进车厢里。

我张开自己的手指缝。

飞……居然在飞！我们飞起来了！

拉着黄金马车的四匹白马已经同时生出了巨大的双翼，它们在空中

翱翔振动，俯冲盘旋！黄金马车随着它们在空中上下起伏，如同自由的鸟儿，飞翔……飞翔……

啊……心脏……心脏都快停止跳动了。这到底……

"喂，麻烦你们告诉我这到底是什么地方，你们要带我去哪里……"我再也忍不住地回过头去，想要问一句那两个打成一团的人。

可是，我忽然发现那从上了车就扭成一团的两个人居然不打了！而且还一左一右，乖乖地双手放在膝盖上坐在那里？！咦，他们和好了？！

"阿特亚斯大陆。"

忽然之间，从我的身边传来一声幽幽而沙哑的声音。

我猛一回头。

被吓得咚的一声从座位上弹起来！

我……我……我的身边，不知道什么时候竟然出现了一个全身披着黑色的长斗篷，斗篷的帽子罩在头上，而完全看不到脸的人！但是这个人的身边似乎围绕着一种强大而剧烈的黑色之气，连他四周的空气都被他这样强大的黑气给冰封冻住！黑帽子里闪着荧荧如烛火般幽然的光，露在黑色罩衣之外的手指上有一枚人头骨般的白色骨节戒指！

"啊！"我被吓得捂住自己的胸口。

这个人，太可怕了！

黑罩衣里的人显然也感觉到了我的恐惧，黑帽子微微地动了动，那荧荧的火光就立刻跳跃了一下。我觉得他似乎在凝视我，就像一只狼正在审视它的猎物看准备在哪里下口般地恐怖！

"你们是谁？到……到底要干什么？！请……请放我回去！"我真的被吓坏了。

"没有可能回去……上了索命马车的人，从来都没有人能活着回去……"他的声音幽暗，却那么瘆人！"这马车上的白骨，叠起来都要比你还要高了……"

索命……马车？！白骨？！

我一眼就看到那个人手指上人头骨的白骨戒指！顿时全身的汗毛倒立，吓得差点要跌坐在地板上了！

"不要……不要……求求你，我……我只是个很平凡的人……请放过我，请放我回去！我才十七岁……我不好吃……我真的不好吃……"我吓得几乎快要哭出来了。

我这是走了什么狗屎运，还以为自己是哈利·波特能进魔法学校，结果这马车却是索命的马车！

那个黑帽子人忽然就向着我的方向飘了过来！

强大而剧烈的黑色之气，一下子就笼罩住了我。

好冷……好冷好黑的感觉……当这个人靠近的时候，真的有一种死神般的气息，刹那间让你感觉到心脏和喉咙都被人掐住一样的窒息感！

那黑帽子里的荧荧之光跳跃着，从两簇忽然变成了三簇，又忽然变成了四簇。接着，他猛地抓住我的手腕。

"啊——"我被吓得尖叫，整个人都颤抖了一下。

它要吃我了吗？从我胳膊上的肉开始？！

但是，那只戴着人头骨戒指的手却忽然在我的手腕上一划，一条银白色的像皮质般的手链立刻就出现在我的手腕上。那手链样子宽宽的，一周有六个透明的孔洞，洞周镶着一圈精致的细钻，钻石绽放出精致而耀眼的光芒。

"琉斯之镯，凝固琉之钻的手镯。"黑帽子人低哑地说道，"你有一年的时间，找到六颗失落的琉之钻。如果时间到了还没有收集完整，那么你将用你自己的骨灰来祭奠这伟大的手镯。"

啊……哈？！他在说什么？琉之钻？一年的时间？我的骨灰？！太恐怖了吧。

"可是，我不明白怎么收集……"我的眼泪都快淌下来了。

黑帽子人却把手指轻轻地一划，那只套在我手腕上的银色手镯就开始慢慢地缩小，变化，接着缓缓地消失在我手腕的皮肤之下！

"你别想怎么脱掉它,也没有人可以脱掉它。它会永生跟随着你,除非当你拿到琉之钻,它才会出现。从现在开始,我要你以男子的身份进入龙之国皇家学园,但是,你记住,你只有一年的时间,一年之内如果你收集不到六颗琉之钻,那么,等待你的,只有死亡。"

黑帽子人猛地靠近我。

黑之气呼的一下子扑在我的脸上。我有一瞬间几乎要晕过去了。但就算是靠得这么近,我也完全没有办法看到帽子里的那张脸!

黑帽子人却猛地抓住我,一下子把我拎到黄金马车的窗口,然后在呼啸的冷风中大声地说:"你记住,只有一年!不然你的下场只有死亡!死亡!"

他用力地把我向下一推!

"啊——"我尖叫!

飞翔在半空中的黄金马车!

穿着男生校服的我被推出窗外,就像一只断了线的风筝一样,从超高的半空直直砸落!

Chapter 3 Hi,兄弟!

男子的身份……龙之国皇家学园……琉斯之镯……六颗琉之钻……被推出车窗!万米高空!啊!

砰!

"哎,什么动静?信,你看到有什么东西掉下来了吧?"

好像有人在用手指戳着我的脸。

"哇哈哈,信,他的脸好可爱,好像刚刚出笼的包子,戳起来好软好软哦!"

戳一下,没反应;再戳一下,还是没反应;再来一下……

"真的好软好软，信，你不来戳一下吗？"

戳……戳戳戳……左边戳，右边戳……戳戳戳……有人在我的脸上越戳越开心……

该死的，有这么戳人家脸的么，这么戳下去，死人也会被他们骚扰醒了！这到底是什么家伙啊，拿我的脸当自动弹力球了吗？戳起来没完没了的！

我愤怒地猛然张开眼睛。

那只没规没矩的手指还在对着我的脸嘟嘟地戳过来，但是它的主人却笑嘻嘻地咧着大嘴朝向另一边："信，真的好好玩，快来试试啊！戳一下又不要钱！"

什么！不要钱！他拿我当周末过了吗？还戳得那么开心！

我愤怒地瞪圆眼睛。

但是，我却看到不远处，有个高大而纤细的男生站在一株巨大的粉红绒花的树下，那开满了像是柔软小伞状的粉色花朵的树，就仿佛是一把撑开的巨大的伞。金子般的阳光，温暖地从天空中软软地照下来，透过那些柔软的粉红，静悄悄地落在他的肩上。

粉绒花，绽放。

微风中他轻轻地伸出一只手，接住从天而降的柔软花瓣；风也细细密密地吹过他浓密的睫毛，吹开他一头柔软丝缎般的浅紫色的长发，露出一张白皙如粉玉般精致动人的脸孔来。

我的眼瞳，微微地一怔。

好漂亮的男生……不，是好温柔的男生，即使只是看到他的长相……面孔白皙如无瑕的美玉，秀眉微弯，鼻梁挺直，一双柔软红润的嘴唇如刚刚绽放的春樱。他的一双漂亮的眼瞳，是像春日里微垂的杨柳细叶，微棕色的瞳孔上像是雕琢了淡紫色的花纹。当微风抚开他脸上散落的浅紫发丝，竟忽然露出他眼角下一颗浅淡而迷人的灰色泪痣……

他微微地侧转过身来，忽然望住我的眼神，那表情像深夜里寂静的

月光，又如月光下悄然流淌的溪水。

"信，快来！好软好软的小包子！"蹲在我身边的那个家伙，一边咧着大嘴巴，一边还把手指用力地朝着我的脸蛋戳下去。

啵——十七岁少女超滑超嫩超有弹性的皮肤像小笼蒸包样地弹回去。

"哦呵呵，好软好软好滑哟！"蹲在我身边的那个家伙得意洋洋地放声大笑。

我却被他笑得头顶都要冒青烟了！

他什么意思？！什么小笼包，什么好软好软，什么还呼朋引伴地来戳我！难道他是小笼包的超级 fans 吗？那也不应该用到别人的脸上取乐！居然还对我戳戳戳个没完没了！

他傻乎乎地还没发现我已经醒了，手指头还对着我伸过来："信，你真的不要吗？要是他醒了可就没有机会了！我还从来没有见过脸蛋这么可爱，这么像包子的……"

站在远处的那个男生，忽然低低地开口："灿，危险气流，请勿靠近。"

"哈？"蹲在我身边的家伙忽然转过头来。

我怒视他的眼睛，生生地和他砰地一下对在一起！

他有双很大很大的眼睛，眼角圆圆的，眉毛粗粗浓浓的，酒红色的刘海挡住他光洁的额头，一双深酒红色像琉璃般的眼瞳大大地瞪住我。他的左侧鼻翼上闪着一点点淡淡的星辉，仔细看来竟然是一枚细小独立的钻石鼻钉；而他的笑容把他的嘴角拉得上翘，有点大大咧咧的感觉，但是却有种说不出的如阳光般开朗的帅气，好像看到他的这一刻，就看到了夏日大海上那碧蓝碧蓝的天空。

可是，再怎么阳光灿烂，帅气明媚也挡不住他不停"戳戳戳"把我当豆腐的事实！

我眼看着他那只手指还停在我的眼前，立刻就张开嘴巴毫不犹豫地一口就——咬了下去。

"哇啊——"一声惨叫,直冲云霄!

路边小树上的两只云雀被惊得呼啦啦地拍起翅膀。

"他居然会咬人!信,原来他不是小笼包,他是小乌龟!"红头发男生被咬得哇哇大叫,咚地向后倒退一步,捧着自己呼地一下肿起来的手指哇哇大叫。

站在远处的那个男生看着他又跳又叫的样子,微微地眯起细长的眼睛,轻轻地摇了摇头。

"信!你太不够意思了,居然眼睁睁地看着我挨咬,他醒了也不告诉我!亏我还把你当成好兄弟,有难和你同当,有福和你同享!"被咬中手指头的灿抱着自己的手指跳脚。

他所说的"有福"是指欺负我吧?!

信望着手中轻轻绽放的粉绒花,细碎的浅紫色的发丝飞舞过他眼角的泪痣:"我已经提醒过你了。"

"你提醒我的是什么危险气流,我还以为要打雷下雨呢,哪里知道是这个会咬人的小乌龟!"红头发的男生跳着脚对我。

我真是越听越生气,忍不住一骨碌爬起身来,对着他也叫道:"你才是小乌龟呢!不,不对,你是大乌龟,你是大乌龟的笨蛋包!你就是三鲜包、大葱包、香菇包、精肉包、羊肉包、肥牛包、鸡汤黄瓜包、蟹肉茄子包、小笼灌汤包、羊肉白汤包,你还是最有名的一道名吃有去无回包!"

"哈?!"红头发的灿对我瞪大他圆圆的大眼睛。

我双手叉腰,瞪着他一个字一个字地说:"就是——狗都不理你!"

灿被我骂得一怔,费了好大的力气才明白过来,原来我是在骂他是出名的"狗不理包子"啊!

红头发的灿也被我骂急了,满头的红发都根根地竖起,鼻翼上的钻石钉如同星星一般绽放出灿烂的光芒,他气呼呼地吼:"喂!你这个小乌龟,居然敢这么骂我!我看你一定是星盟那边派过来的奸细,故意来刺探我们龙盟的对不对？你这个'乌、龟、小、奸、细'！"

什么星盟、龙盟，我完全听不懂他在说什么，可是他却骂我是奸细？什么风国，什么奸细，我才不是！

"哼，你胡说！你这个狗不理三鲜黄瓜蟹肉茄子灌汤包！"

红头发的灿，立刻头顶都要被我气得冒烟了！哈哈！

一直站在远处，一头如丝缎般美丽浅紫发的信，竟被我们吵嚷得微微地叹了一口气。但，他掌心里的粉绒花却被微风吹动，轻轻地飘落在不远处的草丛里。

"哦，这是什么？"

忽然，信微微地弯腰，从草地上捡起了什么。

正在和灿争吵的我，微微地一停。

"龙学园的学生证？"信低低地念出学生证上的名字，"苏秒，十七岁，来自风之国，入读阿特亚斯大陆龙之国皇家学园一年级……"

哎，是我的？苏秒？风之国？

啊，我终于明白了。

那个在索命马车里的人说要我进到什么龙之国的皇家学园，在一年之内集到六颗琉之钻，所以才会安排把我在这里推下来，而且还帮我改好了这些身份，让我成为这个学园里的学生吧。不过我运气还真背，居然开始就遇到一个神经兮兮，总是和我不对盘的怪家伙。

"他？龙学园一年级的新生？风之国来的？"灿朝着信那边凑过去。

"没错。"信轻轻地说，还从草丛里又找到了另外几样东西，行李、书包。

"哎，这学生证是真的吗？该不会是她伪造的吧？"灿拿着我的学生证嘀嘀咕咕的，"他是男生吗？怎么看起来不像……男生有这么包子脸的吗？"

男……男生？

我低头一看，啊，自己的身上居然还穿着订做的那一套男子的校服，

而且我的长发不知道什么时候突然变短了，整个人都变成了一副没发育完全的小男生的模样。

啊，那个人说要我以男子的身份进入学园……

"龙学园的学生证没有那么容易伪造的。每年龙学园里的新生入学都是要上报联盟审核批准的。他既然有这张学生证，就真的是龙学园里的人。"信轻轻地，伸出手来把那张学生证递还给我。

我轻轻地一愣。

只看到他的手指那么纤细修长，白皙的掌心就像是由玉石雕琢而成的一样，而当我抬头看到他那双漂亮的棕色中泛着一点点浅紫的眼睛时，微风抚来……细碎的浅紫色的发丝，滑过他眼角那一滴让人心碎的泪痣……

心，忽然就像被人生生地揪了一下一样。

"呃，谢谢，谢谢。"我连忙低下头来，把那张学生证接过。

"喂，你这个家伙突然在扭捏什么？"红头发的灿边说边朝着我走过来，居然顺手就把他的胳膊搭到我的肩上！"我说兄弟，你刚刚不是还跟我吵架吵得凶吗？怎么一看到信，就乖得跟只小猫咪一样了？不过，我会盯住你的。"

哈？

我的冷汗都快要滴下来了，简直是开天辟地第一次被人叫作"兄弟"！

"小乌龟、笨蛋、奸细。"灿一手架在我的肩膀上，还一脸得意洋洋的表情。

我看着他那个样子，气得都想要一拳头朝着他挥过去了！

面前的信却只是静静地站着，细长动人的眼睛里，有一抹神秘的光芒一闪而过……

"走吧，我们要快点回学园去，不然等一下，格里斯桥就会关闭了。"信慢慢地说。

龙学园，格里斯桥？在哪里？是什么样子？

我有些奇怪地跟着信和灿翻过一个小山丘之后，立刻就被眼前的景象所震惊了！

Chapter 4 当时我就震惊了！

宽阔的琉之河！河水滔滔滚滚，在宽广的河道上咆哮沸腾着奔流而下。

远在河面的正中央，有一座巨大的圆形小岛，岛上青葱郁郁，绿树成阴，花香成行，有着天蓝色圆顶的白色砖房，巨大的如哥特式教堂的城堡隐隐约约地矗立在圆岛中央。河水在岛边的礁石上拍打奔流，轻薄隐淡的雾气在岛岸上的林间屋顶悄悄地飞过……

让人吃惊的是，从宽阔的河面上忽然上游和下游各游来六只全身乌黑的黑天鹅，每一只黑天鹅都戴着小小的金色皇冠，然后它们游到河中央，把长长的颈子探进水中，鹅黄色的嘴巴从水中仰起的时候，每只天鹅的嘴里都衔起了一条金色的丝带！

随着六只黑天鹅缓缓地一边后退一边拉动丝带，神奇的事情发生了！

桥！

一架古老却宽大的木桥，被六只戴着皇冠的黑天鹅从水底缓缓地拉起，晶莹的水流从桥面上哗哗地淌下去，雕了精致花纹的桥身浮出水面！

"啊……"我看得目瞪口呆，简直要倒抽一口冷气了。

"怎么样，很壮观吧。"站在我身边的红头发灿一脸的得意，"格里斯桥可是只有当龙之国皇家学园里的学生出现时，才会浮出水面的！所以一般人想要渡过琉之河到达龙学园都是不可能的事！怎么样，吃惊吧，土包子？"

哎，这个人前几句话还说得挺动听的，怎么后一句又扯到什么'土包子'上去了？！

"喂，你这个人……"真是不吵不打他就不舒服吗？

我正双手叉腰准备和他再来一场"辩论"的时候，忽然面前红头发灿的脸色一变，嬉笑立刻收起，他双手拖住我就大叫一声："小心，快趴下！"

嗖——

不知道从哪里突然飞来一道暗影，极快的速度在空中拉出一道刺目的弧线，直朝着我的脸上狠狠地袭过来！幸好灿狠狠地拉了我一把，然后他突然抬起手臂来，迎着那道划出的弧线生生地一迎！

咔嚓！

一枚鸡蛋般大小的鹅卵石狠狠地击上灿的手臂，然后发出一声砰的巨响，石头被撞成粉碎的碎末，倏然消失！

"呃！"灿握住手腕，有些疼痛地皱起眉头！

"追踪咒石……"一直默默地站在我们身边的信，微微地蹙起他秀致的眉，"这是被学园里禁止使用的追踪咒，是谁那么大胆，私自使用……"

信的话音未落，有个男生就跌跌撞撞地从对面的小山丘上跑来，一口气跑到我们所有人脚下，咚的一下直跌到我的面前。我被吓了一大跳！

他的身后立刻就有个暴怒的声音传过来："跑啊！多跑一步，你就多死一次！"

啊！好吓人的声音啊！是什么人这么霸道，这么冷酷，这样威胁别人？！

忽然觉得半空中的太阳都忽然一暗，仿佛有人遮住了这个明媚清晨的所有一切光芒，只听到半空中一声巨大的呼啸风声，所有人同时奇怪地抬头仰望——

一道黑色的影子……不，那不是影子……也不是一架巨大的风筝，

而是一个人……一个披着墨蓝色披风，从天空中如飞翔的龙鹰一样飞跃而下的——男生！

他似乎从太阳上飞翔而来，巨大的披风已经把整个阳光全都遮住，地上映出他高大而冷峻的影子，墨蓝色的长发在空中像是凤凰的尾羽一样猎猎飞扬！

砰！

他一步就落到所有人的面前，一刹那间就狠狠地踩住跌趴在地上的男生胸口，墨蓝色带着金漆花纹的靴子几乎要把那个人踩到窒息！

"跑啊，有本事继续跑！就算你跑到天涯海角，跑到巴布人的世界里，我也一样能把你抓回来！"他恶狠狠地瞪着脚下已经在颤抖的男生，细长飞挑的眼底里，一抹深海蓝宝石般的光芒倏然掠过！"没有人能逃出我的手掌心！出逃的后果将是更严厉的——惩罚！"

他猛地抬起脚来，毫不犹豫地就朝着那个男生的脸孔狠狠地踹过去！

鲜血，一口就喷了出来！

天啊，好凶恶的男生！可是！

我忍不住吃惊地瞪大自己的眼睛……眼前这个男生……他有着一头长长的、浓密如凤凰的尾羽般飘扬的蓝发，那双轻轻飞挑起来的细长眼角，那双蓝白分明的深海蓝宝石般的眼瞳，俊美中带着一丝强大的压迫力，帅气中带着七分令人臣服的霸气！更奇特的是，他只有左手戴着一只雪白雪白的手套，那手套上的每一根手指上都纹着金色而霸气的花纹。如果不是他嘴里说出来的是那么凶狠的句子，他简直就像是这所龙学园里的king！

但是……我不是吃惊于他的霸气俊美，让我吃惊的是，除了他的发色和宝石蓝色的眼瞳，他的样子……他的样子就像是我在学校里和夏萌一起暗恋的那个话剧社的帅哥社长……不，不只是相像，简直是一模一样！就是社长换了长发，戴了美瞳的样子！

"飞宇社长……"我几乎是不能相信地叫出了"彭飞宇"的名字。

那个凶狠的男生，忽然间就朝着我转过头来。

那一刹那间，我看到他的眼睛。那么蓝，那么深，就像是坠落在深夜海里的一颗星，有着那么透明清澈而晶莹的光芒。就是这样的眼神，更让我觉得就像是看到了飞宇站在我面前，那一天之前，我还和他在话剧社排练的舞台上这样相对……

"社长……"我的心头颤颤的，能在这里看到他？

那男生朝着我的方向走了一步。忽然抬起他那只戴着白色手套的左手……

"后退！"灿却突然冲到我的面前，用力地把我向后一推！他整个人都挡在我的面前，大声地命令我快点向后！

我被吓了一大跳，根本不知道发生了什么。

那个有着藏蓝长发，宝石蓝眼瞳的男生忽然微微地眯起细长的眼睛，单薄绯红的嘴角渐渐地向上拉起，一抹似笑非笑，令人有些从心底阵阵发冷的笑容缓缓地浮现在他的脸上。

"害怕什么？我又不会在这里杀了她。"

灿的脸色变得很难看，浓密的剑眉倒立，乌黑的眼瞳中是那么凌厉如雷电般的光芒！"瑾，我警告你，别太过分！"

"过分？"瑾冷冷地讥笑，"我想做什么，和你有什么关系？你挡在这里，难道这个新小子是你的新宠？档次太低了点吧。"

什么？这个像飞宇社长的男生竟然说出这种话来，灿挡在我的面前，他却在嘲笑灿，也在嘲笑我……不，他绝不会是飞宇社长，飞宇社长永远都是那么深情而真诚的，他不会这样说我，这样对我……

我在灿的身后，却又忍不住悄悄地探出头去。

灿面前的那个霸王般的瑾立刻逮到我偷看他的目光，那只戴着雪白手套的食指立刻指住我，他如深海蓝宝石般的眼瞳，凌厉如剑般地直刺穿我的胸膛！

"如果我有箭，你，已经死了。"他眯起眼睛，冷笑在他绯红的唇边绽开。

我整个人都禁不住全身一抖！

太邪恶了，这个男生！不只是霸道那么简单，他的表情，他的凌厉，他的眼神中都带着一抹不可抵御的气势，那种气势强大而压迫，令人不得不在他的面前臣服！

"要抢人，还用箭？"忽然之间，从半空中又传来一个有些骄傲的清脆声音。

我禁不住抬起头来。

原来在我们身边的一棵高大松树的树杈上，竟然坐着一个纤细颀长的少年！他似乎懒懒地歪在树枝上，一件斜斜扯开胸口两个纽扣的浅蓝色校服，胸口至脖颈一片白皙如纯雪样的肌肤……闪着黄金般光泽的长发从锁骨上轻轻地滑落下来，柔软金亮的发梢顺着洞开的领口悄悄地滑进敞开的胸膛上……

只不过，不是他独自坐在那里，而在他的身边，那么细窄的树杈上，竟然还有一个穿着粉红超迷你短裙，看起来曲线丰满妖冶动人的女生躺在他的怀里！

"哎……那是……"我有点吃惊。

更让我吃惊的是，他斜躺在那里，蓝色的校服领上系了一条雪白的流苏样的围巾，那围巾正好覆盖在他的脸上，待他说话的这一刻，微风抚起他脸庞上那一条薄如蝉翼一般的雪白丝巾……一张花朵一般的脸孔就出现在所有人的面前！

粉红如花瓣一般的嘴唇，白色的牙齿像阳光沙滩上的白色贝壳，而他纤细微尖的下巴勾勒出绝美的曲线，一双似笑非笑，欲说还休的细长眼瞳，更是勾魂摄魄一般地扫过面前的灿和我……一双栗色的瞳仁，从左边滚到右边，几乎不经意的一刹那间，万种风情千种动情就从他的眼波中流转倾泄出来……

"天，天呐……"我简直目瞪口呆。

这是男生？当丝巾滑开的那一刻，他简直比拥在怀里的那个女生还要漂亮千倍，不，是一万倍！那种动人的眉目，那种无法复制的风情，那一动一笑，眼波流转时可以迷倒天下众生的倾国倾城！

那个男生看到我吃惊的表情，似乎对所有人看到他都是这个眼神已经习已为常，他拉起雪色的围巾轻轻地遮住自己的脸："喂，小子，想做我的幕下之臣吗？我可以提前给你插个队。"

幕……幕下之臣？这句话是什么意思？！我瞪大着眼睛想了半天都不明白。

反而是一直挡在我身前的灿，脸色有些愠怒，朝着他就吼回去："月，你们星盟的都别太过分！他还是一年级的新生，你们要是敢随便对他下手，别怪我们龙盟不客气！"

"哈，不客气又能怎么样？"坐在树枝上的月风情万种地笑，"而且我问他愿意不愿意，也没有问你。要知道外面可是有大把的人想替我服务呢。像这种刚入学的小新生，我们还看不进眼里呢！是不是，瑾？"

他眼波流转地朝着那边的瑾望过去。

那个大魔王瑾没有回答，只是冷冷地扯了一下嘴角。

"哎，月，瑾，你们说完了没有，我们是不是应该进学校了，我的波比一路上都没有喝水，它现在很渴呀。"

忽然之间，从巨大的松树后面，居然又冒出一个人来。

这个男生个子不高，长相非常俊秀，甚至有点甜美，脸孔只有巴掌大小，圆圆的眼睛，有点微尖的下巴，一双漂亮的深绿眼瞳就像是一对杏仁般精致漂亮。他有着一头墨绿色的发，发梢剪到细碎而微翘，微风吹来的时候露出他一对可爱的招风耳朵，好像是一只放大版的龙猫样的可爱。最特别的是他的双耳垂上各戴了一只深绿色如碧玉般的泪滴状耳钉，在阳光映过来的时候，仿佛如松枝上落下的露珠般精致动人。

他好像有点不高兴地微撇着嘴，手里拎着一只透明的玻璃箱，而箱

子里面蹲着的，竟然是一只全身雪白雪白，独在头顶有一簇黑毛的小兔子。

"喂，凉，早就和你说不要带着这种东西回家，每天照顾它们真是烦死了。"月从树枝上一跃而下，完全把那位大美女扔在一边。

"可是，波比很可爱啊。我一天看不到它，就会觉得很寂寞呢……"长像甜美的男生抬起头来，一双漂亮的深绿眼瞳忽然就看到了我。"哇，你……也好可爱呢！"

哈？！

我被他突然而来的这一句，弄得简直要傻眼。

"喂，灿，我拿波比跟你换他，好不好？"他居然擎起手里的玻璃箱子，大声地对灿说！

众人皆倒地。

灿对着他咬牙切齿的："小乌龟是人，不是兔子！难道你想当人贩子吗？！"

我躲在灿的身后，拼命点头。

可是凉却对着我歪歪头，脸上绽出一个特别灿烂甜美的笑容，用很清澈的声音说道："可是，他真的好可爱，我好想要哎！"

咚！这一次，换我要晕倒了。

正当我为这一群陌生的男生弄得有点头晕晕的时候，刚刚被瑾一脚踩到喷出血来的男生找到了机会，一下子就爬起身来，猛地向前跑去！

"给我站住！"瑾的怒喝声，立刻就响了起来！

第二章
皇家龙学园

"这就是我们最美丽的彩虹岛，龙之国皇家龙学园！这里原来是黑白的，但是自从百年前阿特亚斯大陆上的六个国家结成了联盟，就在这彩虹岛上建立了一所由龙之国领衔的皇家学园！六个国家最优秀的学生，都能进入皇家龙学园得到联盟最顶级的教育！就像泷、瑾、灿、信、凉，还有我——月一样！"

Chapter 1 别惹大魔王

"叫你站住，你耳朵聋了？！"

那个男生惊慌失措地往前跑，瑾冷着一张脸孔，狠狠地一脚就从那个男生的背后踹过去！男生应声倒地，一头摔倒在格里斯桥边。额头砰地一声撞在桥栏上，连我都觉得肯定非常地疼。

"饶了我吧，饶了我吧殿下，我真的不是故意的，下次我再也不敢了……"那个男生忍着疼痛，转过身来不停地向瑾求饶。

瑾冷冷地向着他逼过去，墨蓝色的披风在他的背后像是张开翅膀的利鹰，那种一步步袭来的恐惧气息能让人只是看到他就胆战心惊。

"饶了你？刚刚我叫你站住的时候，你听到哪里去了？我给你机会的时候，你又跑到哪里去了？"瑾微微地蹲下身来，宝蓝色的眼瞳直对着那个男生，"你希望我饶了你，是不是？"

那男生几乎都被吓哭了，拼命地点头再点头。

瑾瞪着这男生，眸光微闪："我有那么可怕吗？居然哭成这样……"他微微地侧身站起来。

哎，这是要饶了这个人吗？我惊讶地看着。

哪里知道就在瑾一侧身的瞬间，他忽然又猛地一转，穿着长靴的脚猛然间狠狠地落在那个男生的胸口上！

"啊！"男生惨叫一声，被重重地踏上，靴尖顶住他的喉咙，让他呼吸不能！

"有本事你再给我逃！"瑾斜挑着眉，深海蓝宝石般的眼底，一抹夺命般的光芒倏然闪过。"你逃一步我就折磨你一分钟，你逃了一百三十步，所以一百三十分钟内你是不会死的，但是至于你的贱命到底能撑到几分钟，我就不能保证了！"

咔！

被身高足足一百八十公分、体重过百之人的靴子死死地压在细细的脖颈上，并且鞋底在不停地辗转碾动，那种疼痛，那种难受，那种不能呼吸的窒息感觉，以及尊严被踩在脚下的耻辱！

被瑾踩住的男生在地上痛苦地呻吟，他虽然拼了命地抱住瑾的鞋子想要阻挡一点疼痛，但是瑾看到他居然敢反抗自己，更是生气地猛地抬起脚来，一脚就狠狠地踹在那男生的脸上！

"啊！"男生惨叫一声，一口鲜血喷吐出来。

瑾看到那溅出的鲜血，酱紫红的颜色，表情没有丝毫的同情，反而浮现出一种诡异的笑容，那笑容让他本就比花朵还漂亮的脸孔更是有种杀气袭人的俊美！

"没错，就是这样……只有这样，你才会记得反抗我的下场！"

天啊，用不用这么凶狠，用不用一定要把别人弄得这么惨！我看着那个男生抱着瑾的靴底不停地呻吟的样子，只觉得连自己的心都紧紧地揪住了。

"喂，瑾，别太过分了！"灿也和我一样看不下去了，他忽然对着瑾大喊出声。

瑾一听到灿的声音，立刻狠狠地转过头来，他那一双凌厉的眼眸里，带着骇人的杀气："怎么，你也想找死？！没有泷在这里，你敢和我动手？！"

灿被他说得也有点不服气："瑾，你别太狂妄！就算泷不在这里，我也不会怕你的！有本事你过来，我们一决高下！"

"哼，就凭你？你们龙盟没有了泷，就是两个废物！"瑾冷笑一声，他忽然抬手，袖中竟然有一条细细的软皮鞭突然出现在他的手里！一个字没有多说，狠狠地朝着灿抽了过来！

灿也许没有想到他会突然攻击，但他的身后突然闪出了信，信伸手把灿向着后面一拉！瑾手中的长鞭扫过信顺滑的紫发，狠狠地抽在信的手臂上！

"信！"灿大叫一声，"你别动，我来教训他！"

"哈哈哈！"瑾大声地冷笑，"就凭你们两个，也配和我动手！乖乖把你们的首领叫回来，要不然就乖乖地给我跪下称臣！"

"你！"灿暴怒，一双深酒红色的眼瞳对着大魔王瑾怒目而视！"你别太猖狂！"

我真的觉得有点看不下去了！这个男生……这个男生也太狂妄，太霸道了！把别人欺负成这个样子，居然又对着灿挥鞭子！

"喂，你这个人……啊！"我准备好好地跟他理论一番，可是我才刚刚跑出两步，却没看清脚下的石块，忽然就觉得脚下一绊，整个人居然就这么横着摔了出去！

砰！

我这是用着多么奇特的姿势啊，居然一个鱼跃就朝着瑾狠狠地冲过去，整个人一头撞上他不说，我脚上的一只鞋子也在我摔倒的那一刻，忽然划出一道奇异的弧线，朝着没有防备而被我撞开的瑾的脸上，狠狠

地——啪。

鞋底用着最优美的姿势,直接拍在了瑾的脸上。

"呃……"我忽然听到有人倒抽冷气的声音,"瑾的脸……"

"他有洁癖的。"凉笑嘻嘻的声音响起来,"不过,粘了鞋底的瑾,真好可爱呐!"

哎,我……我摔倒了,我刚刚做了什么吗?大家的脸色都怪怪的。

我从地上爬起来,抓抓自己的头发。忽然看见面前瑾的脸色已经不能用"难看"两个字来形容了,而且那更不是"铁青"、"煞白"、"发黑"这些颜色所能代表的,他那张俊美、霸气、冷峻、绝色的脸孔已经瞬间直降一百八十度,简直如同元纪年前的冰川世纪般冰冻住了!在他的身边开始冒出紫蓝色的冰花,一片一片,一簇一簇地把他身边的空气都冻结成冰!

不过,我刚刚想说什么来着?啊,对了!

我忽然爬起身来,一步就冲到瑾的面前,伸出手指着他的头:"啊,对了,你这个欺负别人的大魔王大坏蛋!你怎么可以这样啊,你怎么可以这么狠心地欺负你的同学啊,他到底犯了什么错,你居然那样踢他啊?你的靴子很厚很重的好不好?踢下去很疼的好不好?他都流血了好不好?你居然还能忍心继续欺负下去,你到底有没有同情心,有没有朋友爱,有没有同学情谊啊你!"

我越说越气,一指头就用力地戳在他的额头上。

"你说你这么大个男生,春光明媚的早晨你做什么不好,你跑出来欺负别人,白瞎了你长得这么漂亮的一张脸,长这么帅应该很受女生欢迎的吧?你那么像飞宇社长……可是,社长从不像你这么坏,从来都不会跑到这里来欺负别人!你这脑袋里到底是怎么想的呢?都装豆腐了不成?!"

我伸着手指头对着瑾戳……戳……戳戳戳戳……

瑾被我戳得就像是个不倒翁,倒过来,又摇过去。

灿和凉惊得大嘴巴都快要圈成"O"形了。

哎，他们怎么了？难道我说错什么了吗？这个家伙就是这个样子的吧，还装什么大魔王，我看他是没有一点同情心，一点同学爱，一点……

我终于说够了他，放开他："今天我就说到这里了，你如果不服气的话，改天我再来教育你。好了，现在我应该去上学了。"

我朝着灿和信的方向走过去，灿那双大眼睛惊异地瞪着我，活像是见到外星人了一样；信在旁边慢慢地抿起嘴唇，细长的眼瞳里有一点点我不明了的光。

"哎，我们该回校了吧？"我对着灿喊，还上前扶起那个被瑾踢得满脸是血的男生，"来，我扶你进学校吧。"

灿看着我，吃惊得能吞下一个鸡蛋了。但是看到我一个人去扶那个男生，他连忙也跑过来，一下帮我把那个男生架在肩上，然后突然大叫道："快跑！"

"跑？！"我有点吃惊地瞪圆眼睛，"为什么？"

我的话音还未落，只听到身后一声惊天动地的巨响！

爆发的瑾已经从被我"戳戳戳"的呆滞状态中清醒过来，他猛地跳起身来，几乎用尽全身力气般地朝着身边一颗参天的椰棕树狠狠地挥出一拳！拳头打在树干上，树枝摇动，发出一声断裂的巨响，轰然倒下！

"啊啊啊——"瑾如愤怒的狂狮般怒吼，"混蛋！那个新来的小子，我要杀了你！"

Chapter 2 皇家龙学园

我决定，选择性失忆！

因为那个大魔王瑾在龙学园门口的吼叫声实在太吓人了。我完全把那句"别惹大魔王"的至理名言给忘记得光光的。但是好在有灿的帮助，

终于把那个满脸是血的男生给扶过了格里斯桥，我也终于进入了这座传说中的阿特亚斯大陆上，最强龙之国的皇家学园。

"哇——"看着眼前的景象，我不禁大呼出声。

真的没有想到这座号称只收男生的纯正男校，居然会是这个样子的！彩虹啊！简直到处都是彩虹天堂！高大的教堂式图书馆，错落起伏的连体教学大楼，在整个圆形岛上分列成六个半圆的超大花园，以及皇家龙学园的白色铁艺复古花纹的双开大门，这一切的一切，全部都从下到上地被漆成了橙、红、绿、青、蓝、紫的彩虹颜色！

一整片亮眼的彩虹，再加上花园里盛放的鲜花，翩翩起舞的彩蝶，连龙学园正路中央的那只超大的水晶喷泉里喷出来的水柱都映出了七彩的颜色。

"很可爱吧？"那个提着兔子笼的可爱男生凉忽然走到我的身边，笑眯眯的月牙眼睛，"这就是我们最美丽的彩虹岛，龙之国皇家龙学园！本来这里是黑白的，但是自从百年前阿特亚斯大陆上的六个国家结成了联盟，就在这彩虹岛上建立了一所由龙之国领衔的皇家学园！六个国家最优秀的学生都能进入皇家龙学园受到联盟最顶级的教育！而且因为有六个国家，所以分别用了六种颜色来代表，于是彩虹岛就真的变成这么温暖人心的颜色了！这里真的很可爱，是不是呐？"

我忍不住眨眨眼睛。"这颜色真的……真的好……伪娘……"

哧溜——凉被我这一句话搞得差点摔倒。

"伪娘？！"他大呼小叫地瞪圆自己的杏仁瞳眸。

我用力地点点头，表情很认真："是啊，龙学园不是只收男生的纯正男校吗？我还以会是古朴的，灰灰的，石头砖房，木头栏杆，充满了男性的魅力呢！"

"喂喂喂，谁说龙学园没有男性魅力了？！谁说男校就一定要搞得乌漆抹黑的？漂亮一点，花朵多一点，阳光灿烂一点有什么不好？我们男生也是需要阳光明媚空气清新的，难道男校就一定要把我们闷死才

行？"凉挥着手臂在我旁边哇哇大叫，"可爱一点有什么不好！我就喜欢！我喜欢这世界上所有可爱的东西！"

"所以……"我迷茫地忽闪自己长长的眼睫，"你也……伪……娘……"

咣当！

凉被我这句话直接击倒在地！他一脸委屈地瞪着我，很显然他那颗小小的玻璃心，被我击碎了一地！

"哼，你是坏人，不跟你好了！"他突然跺跺脚，提着他的兔子笼飞快地跑开了。

呃，我好像不小心伤了小正太的心。但是灿和信已经去送那个受伤的男生进了学园的医药室，只剩下我一个人要赶去龙学园的新生报到礼堂。

就当我匆匆忙忙地往礼堂跑去的时候，彩虹般的走廊上悬挂着的一整排画像，却忽然吸引住了我的目光。

有一幅画，它就那么静静地挂在远处，仿佛有淡淡的金色的光芒从那里倾泄下来，天堂、人间的阳光都映在那幅画上，好像有一种致命的吸引力，吸引着我朝那里走过去……走过去……

我从画的侧方，只隐约看到那是一个安静而详和的男子，一头柔软的金色长发滑落下来，他的眼睛里有着那么坚定而真挚的光，仿佛他一直在眺望，眺望向远方……

那个人……好像……好像我梦中的那个人一样！

"朱利安……"我猛地捂住自己的嘴唇。

真的是我……梦中的朱利安？！

"一年级B班新生苏秒！"不等我跑到那幅画像的面前，忽然有人大声地叫我的名字。

"哎？到！"我连忙大声地应道。

有人大叫我的名字，可是人咧？人在哪里？我怎么就看不到？我正

要手搭凉棚向礼堂正前方的台子望过去的时候——

"咳咳！咳咳咳！"忽然有人在我的脚下狂咳，以期来引起我的注意。

我低头一望，吃惊地简直要倒退一步。

站在我脚底下，努力踮起了脚尖也只有五十公分高，长了一对微微泛蓝的尖耳朵，而且长相十分像是可爱的"蓝精灵"，他身上的西装虽然是童装款，但还是笔挺笔挺的，眼看着我吃惊的表情，他轻咳一声：

"你要敢说我像'蓝、精、灵'，我就把你丢进琉之河里去！""蓝精灵老师"不等我开口，立刻就打断我。

"哎……"我的话被哽在喉咙里，有点哭笑不得。

"我的名字叫做波波 BALL，你们可以叫我波宝老师。"老师对着我们挥一挥手，大声地说道，"一年级 B 班的初士新生们，欢迎你们进入龙之国皇家学园！龙学园致力培养阿特亚斯大陆上最出色的人才；你们当中有些人会成为圣骑士，那是你们国家最需要的栋梁；有些人会成为灵士，这样的人可以主载别人的心和灵魂；还有极少数的人会成为联盟中最强大的长老和法师的继承人，那将会是联盟里最强大的人！龙学园在长达三百二十四年的教学史上，已经出现了三位长老和七位圣灵法师，接下来的你们……"

波宝老师手指在场的所有同学！

"也许掌控整个联盟的长老和圣灵法师就在你们当中！"

哇……这句话一出口，礼堂里一阵轰动。男生们聚在一起窃窃私语，刚刚入园的新鲜感立刻就变成了动力十足。

原来这所学园在阿特亚斯大陆分裂成六国时，是由龙之国的皇家所设立的，意为龙之国培养各种出色的战斗骑士和圣灵法师。在六国和平共处合并成阿特亚斯联盟之后，龙之国皇家学园因为处在六国的交界之处，所以被扩大成为了六个国家所有年轻男生的最高学园。所有六国的男生们以进入龙学园学习为傲，所有进入这里的，都是有着特殊才能的

学生，也是六国将来各个国家的栋梁之才。无论成为圣骑士，还是成为圣灵法师，都将受到国家的重用，成为为自己的国家效力的最有用的人才。

不过，这些人里显然不包括我这个"混水摸鱼"的"小鱼儿"。我只是来寻找六颗琉之钻，而且彻彻底底的就是一女扮男装的小女生，上帝保佑我混在这一群有着奇特本领的男生中，首先不被抓包，再次让我顺利找到六颗琉之钻，早日脱身回家吧，阿门！

"好！现在一年级B班的初士新生们跟我走！你们的行李已经被送达你们自己的宿舍，现在，我就带你们过去。"波宝老师招呼所有同学。

一年级B班的所有男生都跟着波宝老师走出了门。

那边看起来是一片郁郁葱葱的树林，但是当波宝老师带着大家走到树林的前面，站到一片由长长的垂柳所组成的林荫道之前时，波宝老师抓到第一棵树的树干，按了一下上面的一道突出来的圆圈，大声地说了一句："阿拉巴通道开！"

哎——神奇的事情出现了！

那些垂得长长的垂柳，像是瞬间听懂了波宝老师的话，自动地向一起弯曲融合，竟然整个垂柳垂成了一条长长的、郁郁葱葱的长通道！在大家跟着波宝老师走进那通道的时候，所有的叶片都在沙沙地抖动，好像在欢迎新同学光临一样！

波宝老师一边走一边说："这是龙学园里最安全的垂林密地，也是所有同学们的宿舍所在地，在这里绝不会有陌生人出入，所以也是整个学园里最安全的地方。大家可以每天安心入睡。"

很快，通道的尽头，就出现了一道彩虹般的光芒！

一幢大大的，漆满了彩虹色的巨大的连体别墅就出现在所有人的面前！阳光透过落地的玻璃窗照进每一间宿舍，干净而整洁的屋子令每一个男生都要欢呼跳跃。

哎，这学院，真的有点神奇呢！

"新马，竹，你们住106！"波宝老师开始叫名字分配宿舍，"海平，达峰，你们在107！"

同学们一个接一个地应声。

我站在所有人的后面，担心地听着波宝老师的声音。不知道会把我分到哪一间？难道……难道我也要跟哪一个男同学同室吗？那以后每天洗脸睡觉洗澡都在一起？！天呐，不要啊——

"苏秒，你住109号房间，和……"波宝老师突然叫我的名字。

我一下子心都被提到喉咙口了！

波宝老师哗啦啦地翻本子。

会是谁会是谁，总不会是像瑾那么坏的男生吧？我可不想和他那种人在一起……更不想和一个邋遢鬼，那更受不了……要不然，要不然我悄悄地对波宝老师说，我是女生？

当我忽然冒出这种念头来的时候，忽然之间，我就觉得自己的手腕巨痛！那种痛楚，不是来自皮肤表面，而是从骨头缝里绽放出来的一样！疼痛像火烧一样，从骨间直烧到肉里，烧到皮肤表层！痛……根本没有办法制止的疼痛！

那个黑幽灵人，不仅给我戴上了琉之镯，而且在我的身上下了最恶毒的咒！

"你怎么了？"波宝老师抬起头来，奇怪地看着痛叫一声的我。

"没……没什么……"我连忙按住自己的手腕，"可能只是不小心扭到了……"

我这样说出口，那种燃烧的痛苦才渐渐地消失下去。

波宝老师用他蓝精灵般的眼睛奇怪地盯着我。在盯了我足足有半分钟之后，才把自己手里的名单一合："嗯，你就先住在109吧。不过你很幸运，你同室的室友还没有入学来，所以暂时你可以自己独处一室。"

耶？！

我吃惊地瞪圆眼睛。

不会这么走狗屎运吧！刚刚我还在担心，但是现在波宝老师却突然说，我可以自己独享109宿舍？！那就说明我暂时不用跟陌生男生同用一间房了？哇哈哈！看来我的好运气还真是不只一点点呢！

我立刻惊喜地大叫起来："谢谢老师！"

波宝老师看看我，忽然间说道："苏秒同学，明天早上六点，请你到锁地门来。"

哎？锁……地……门？那是什么地方？

我有点吃惊地瞪圆了自己的眼睛。

Chapter 3 龙战

清晨，六点。

淡蓝色的晨曦从东方的窗子里暖暖地照下来。

我抱着被子一个人在宿舍的床上扭来扭去，有点认床的我虽然独自享用了这个房间，却还是有点没睡好。

感觉就像是做了一个奇怪的梦。我不知道自己怎么就会到了这个书中的阿特亚斯大陆，也不知道怎么会遇到了灿、凉、瑾、信和月这样特别的男生，好像弟弟、妈妈、好朋友萌萌都已经离我那么远了，在学校里的往事就像是发生在上个世纪一样。但是，无论现在发生什么，将要发生什么，我都会努力，好好地把那个黑幽人下的命令完成，等我真的找到六颗琉之钻，就又可以回到我正常的人生中去了吧？

我张开朦朦胧胧的眼睛，看到窗外已经有了淡淡晨光，忽然想起波宝老师昨天所说的话。

锁……地……门，那会是个什么样的地方？我有点好奇也有点想知道到底叫我过去做什么，所以还是伸手拿起了自己的校服，穿上了身。

龙学园的校服其实很好看，白色带细细条纹的衬衫，藏蓝色的裤子，配上外面浅蓝色的校服外套和深蓝的领带，把男孩子的挺拔气质描绘得非常突出。再加上龙学园非常特别的彩虹底色的校徽，有着细细的金色花纹和五根羽翼的金色翅膀，整个校徽看起来有彩虹的欢快也有勇敢向上、飞翔天空的气势。就算个子有点矮矮的我，穿上特别定制的校服，也从一向秀气的小女生，变成了带点小帅气的"正太"。

天边的晨曦还是一片微蓝，天空中有朵朵绵软的白云，鸟儿在林间布啾布啾地轻唱，一丝淡薄的雾气穿林而过。

我走过龙学园彩色的教学楼，白色的图书馆，又走过铺满了绿叶花瓣的小径，最后在暗北山前的花园里兜了一整圈，居然还是没有发现哪个路标上写着锁地门！

哇，不是那个波宝老师骗我吧？为了叫我早点起床所以故意忽悠我？！这……这也太可恶了，跟半夜叫人起床嘘嘘一样……清晨睡回笼觉的大好时机啊……怎么……怎么能故意骗我来这安静无人的校园里溜弯？！

我越想越觉得无趣，正想转身回去，脚底下却不知道被什么东西重重地一绊。

"啊！"我一头跌倒在地上。

回头一看，竟然是一块白色的假山石，而被踢开的石头下面，有一个红色的按钮，按钮在淡蓝色的晨光下，闪着熠熠动人的光芒。

咦，这是什么？怎么会有按钮出现在这里？还是红色的……我有点好奇就轻轻地一指按了下去。

砰！

不知道哪里突然传来一声震响。我猛然之间就觉得身下的草坪突然陷落，在我所处的中央地带所有的尘土草皮都哗哗地滚落下去，在我的身下出现一个古老的圆木门，而当草灰落尽时，圆木门上的门锁突然"喀"地一声轻响，就那么自动弹开了！木门立刻向下打开——

"啊啊啊——"我忍不住尖叫一声！整个人一下子就掉进了地洞

里！

　　洞中一片漆黑！伸手不见五指。哎？我忽然睁大眼睛，难道，这就是锁地门？！被锁住的地道？波宝老师叫我来的，就是这个地方吗？这时，洞的前方传来一阵悉悉索索的声音。我抬起头向前看去，只看到一片模糊的白色的光亮。

　　"啊，是那里吗？"我自言自语，"波宝老师，是在那白亮处等着我吗？"

　　我慢慢地朝那白光的方向走过去。白色的光，渐渐地放大。竟然开始慢慢地分开，从一片白分成了两粒圆圆的白……

　　"波宝老师，你在那里吗？"我一边慢慢地走，一边开口问道，"老师？"

　　那细微的声音开始加大，两粒圆圆的白光更加耀眼。我却还是看不清，又向前靠了一靠。可是，当我眯起眼睛朝着前面望过去的时候，忽然有点凉凉黏黏的液体，落在我的后颈上。

　　"喂，怎么这地道里还漏水吗？"

　　这一手摸过去，眯起的眼睛，终于也看清了那两道白光是什么！

　　那两道圆圆的白光根本都不是什么透气孔，也不是通道的出口，那是一个巨大的，被锁在这深深的地洞中的超巨大怪物的眼睛！那眼睛如黑夜中炯炯闪亮的星星，巨大的头颅，微微张开的血盆大口！尖利的牙齿间渗漏出滴滴黏液，扣在地洞石面上的尖刃利爪已经蠢蠢欲动！

　　"啊！怪物！"我被吓得尖叫一声，转身就逃！

　　但是我的声音已经刺激到了那只怪物，它突然高举起自己的爪子，狠狠地就朝着站在身下的我猛地按了下来！

　　"救命啊！救命啊！"我大声地尖叫，这到底是怎么回事？不是波宝老师叫我来这里的吗？怎么忽然会跑出这么一头怪物来，还要攻击我！

　　大怪物在我的身后已经咚咚地追过来，虽然它的脖子被锁链绑住，但是在它移动的时候发出剧烈的声响,那踏到地洞都地动山摇的感觉真的是无比的恐怖!甚至在我跑出它的第一波攻击的时候,它暴怒地狂叫一声,突然之间就朝着我狠狠地喷出一口浓烈的火焰!

轰!

炽热的火浪像是潮水一般地从我的身后奔袭而来,只有一秒钟,那火焰就像是恶魔张开的巨掌一样狠狠地袭上我的身体!

啊!好热!好烫!好难过!我要被烧死了!要被烧死了!

我只觉得自己的身体四周全是耀眼的火红,火苗像是巨蛇的信子一般熊熊地朝着我的身体扑舔过来!我忽然就觉得自己的手腕剧痛,那只被隐去的琉斯之镯的位置像是被炽热的火焰烤熟了一样,绽出火红的颜色!

"啊!"我疼得握住自己的手腕,摔倒在地!

但是神奇的事情发生了,那些由大怪物喷出的火焰虽然扑上了我,但是却在我倒地的一瞬间完全消失,一丝一毫都没有伤害到我,连我身上的校服都没有燃烧起来!

怎么会这样?!连我自己都有点吃惊地目瞪口呆。

但是在这一刻,我也才真的看清,原来那个扑在我身后的,疯狂嚎叫,有着尖牙利刃的,居然是一只被锁链困住的会喷火的龙!

那只龙应该是被久久地锁在这地洞里,已经将要疯狂,它看到活着闯进来的生物,已经处于颠狂的状态,只想一口咬死我,把我烧成灰烬,把我用利爪刺穿!所以在看到它喷出的火焰不能烧到我,它已经疯狂地大叫,狠狠地挣着锁链,一掌就朝着我用力地挥过来!

"啊——"我惊到尖叫都失声了。

千钧一发之际!

黑暗中,一道银光闪过!银色如星芒般的光辉,刹那间照亮整个漆黑的地洞!

"嗷——"巨龙受伤般地剧痛嚎叫!

利爪竟然被飞来的一剑狠狠地削去了半根锋利的爪尖，鲜血从利爪的伤口处直喷出来！

"快走！"

有人忽然在我的耳后喊出这两个字。简短、有力，像由半空中掷下的利剑般低沉而嗡然作响。

我整个人都呆住。

"吼——"受了伤的龙，暴怒如火焰，大吼着就朝着我们又扑过来！

眼看着几乎又要张开血盆大口，直喷出灼烧的火焰。虽然刚刚的一役，火焰并没有烧到我，可是谁知道下一次，这龙喷出来的火光会不会把我整个人都燃成灰烬！

"啊——"我忍不住尖叫，对着那个人大叫一声："快跑！它要喷火了，快闪开啊！"

那个站在我身边的人，却用剑鞘把我用力一拨！

我被他拨到自己的身后，他高大的身影几乎全部挡住我。接着手中的银色弯月长剑，带着闪亮的光芒就向着地龙张开的血盆大口狠狠地刺杀过去！

"吼——"地龙怒叫，烟气腾腾，火焰就要喷薄而出！

而那柄带着一点点月牙弧度的长剑，劈山震海一般以流星的速度直接唰地一下刺到地龙的巨牙之间，地龙一怔，那人的手腕却是瞬间一抖！银剑的剑锋突然横着一挑！砰！两颗巨大的龙牙就被锋利到可以削铁如泥般的圆月银剑猛然斩下！

龙牙带着牙根血肉狠狠地横飞出去，直接迸到石墙壁上，深深地刺入！

"嗷嗷——"地龙疼得大叫。

我站在这个人的身后。

光芒从他的身前映过来，仿佛千道万道的灿烂霞光，金子一样地铺在他的身上。他的身材无比颀长，手中的圆月弯剑静静地闪烁着耀眼的

寒光，地龙的鲜血从那锋芒毕露的剑刃上缓缓地流淌下来，啪嗒一声，滴在冰冷的地上，漾出一片刺目的红……

我看不到他的面容，却忽然发现他执剑的右手手背上，有一簇淡蓝色的皇冠形状的花纹，而纹身的中央还有一条张开血盆大口，咆哮天下的神龙！

啊，这个纹身！这个纹身仿佛凝结了他身上所特有的那种惊人的气势，冰冷、强大、压迫、气吞天下！

地龙咆哮的风波更是吹起他背后散落的黑发……不似瑾的蓝发如凤尾，不似月的妩媚动人，更不像信的柔软，他的长发，似乎都是有生命的，如他冰冷而强大的气息，风神一般地在空中飘扬而起！

好……好强大的男生！好迫人的气势！好冰冷，好冷漠，好让人的心脏都被压迫到无法呼吸的气场！

"走！"

忽然之间，我身前的这个男生冷冷地抛出一个字。

我一怔。

"啊？！你说什么？"

"走！"他根本不回头，却只是一个冰冷的字眼狠狠地丢过来！

我这才听清楚，他是要我快走！可是……可是眼前的那个被他连刺两下的地龙，已经处于暴怒的边缘！在看到我向后微微一动的瞬间，它猛地挣动自己身上的锁链，朝着我们疯狂地扑过来！

哗啦！锁链大响，地龙的利爪抠在石壁上，山崩地裂般地响动！石块哗啦啦地往下滚落。

那个男生突然回过头来，依然用他的剑鞘往我的肩上一推，就把我用力地推向石洞的后方！

疯狂地龙的利爪在这一刻猛然落下！

轰——爪子抓在地上，挠出四道深深的爪痕！如果被这样的利爪穿心，绝对会瞬间毙命！

"快走！"他这一次终于说出两个字。

我也猛然在头顶上发现了我掉下来的那个圆圆的木门透出来的白光，白色的梯子就竖在石壁上，只要我爬出去，就可以得救了！

我一下子抓住那木梯，噔噔地向上爬了两格，然后又猛地转回头来。

暴怒的地龙已经把脖子上的锁链挣到了极致，铁链几乎要扣进它的皮肉中，但它拼命地挣扎，吼叫，利爪在地上不停地刨动，一双圆亮亮的眼睛死命地瞪着眼前的两个人。我看到那个男生依然还站在地龙的面前，手里持着他那一柄微弯的长剑，镇静如山般地散发着强烈的气息。

"喂，快走啊！快躲开它！"我担心地大叫，"它要发狂了，它会喷火的！火焰会烧死……"

我的话音还没落。

已经怒极的地龙深吸一口气，猛然朝着他的方向爆发般地怒喷出来！

火焰轰然喷射，几丈高的火苗！热浪就像炙烧的刀子，只要撩到皮肤上，绝对会生生地把人全身割开！

"快走啊！"我大叫，"快！"

可是来不及了！火焰已经喷到他的面前！

我在熊熊大火中只看到他的身影倏然一闪，火苗就把一切都疯狂地燃尽！

Chapter 4 最靠近神的男子

"不……不要死……不要死！"我爬出地洞，火苗在我的脚离开地洞的最后一刻，轰然向着木梯喷溅过去！一瞬间，木梯就被烧成了木炭。

"不——"我惊声尖叫，那个男生还在地洞里！可是那火焰却已经把一切都燃尽！地龙还在洞中疯狂地嗷叫，但是却再也没有那个男生

的身影！"不！不！不要啊！不要死！你出来啊……你快出来……同学……同学……你快点出来，你不要死！"

一刹那间，我的眼泪都迸出来了。

他是为了救我……为了救我才会牺牲，才会被地龙的火喷到……燃烧的死亡，应该有多么痛苦……我忽然觉得自己的心脏像是被撕裂一样地疼，如果他不是为了救我……他一定可以活下去的，他一定不会死的！可是，现在！

"不要……不要……"我扑在地洞前，眼泪滴滴嗒嗒地从眼眶里流了出来。

"身为男生，哭哭啼啼。"忽然之间，一个低沉的声音响在我的头顶，"白、痴。"

那么轻蔑，那么冷静，那么强大的声音！

哎？我有点吃惊地猛然抬起头来。

地洞之外一棵巨大的柏树，枝梢上站着一个高大而模糊的身影！阳光透过柏枝上密密的叶子细碎地投下来，和地洞中那千万道的光芒不同，现在落在他身上的光芒竟是那样的细碎，那样的温暖，那样的如诗一般的金色。他那么飘扬地站在纤细的枝头，身后的黑发也在晨曦的微风中静静飘扬。黑玉一般的光芒。

我吃惊地张大嘴巴。

看不清他的脸。

可是，那种气势，那种气度，那种强大到让人窒息般的气场。

"你还活着！"我惊喜般地大叫，"太好了，你还活着！我以为你死了，我以为你被那只龙喷火烧死了，现在你还活着，太好了！太好了！"

可是……可是面对站在枝头的他……我忽然觉得自己的心脏都被摄住一般的感觉。

这个站在树梢上的男生，有着神一样的面容。

棱角分明，刀削斧刻一样的轮廓，笔直而高挺的鼻梁，眼瞳很深很深，

深到有种让你看不到的感觉。但却是黑色的，不同于凉、信、灿、月和瑾，他黑发乌瞳，嘴唇薄得如同一条抿直的线。下巴微尖，有些高傲而自负，轻轻蹙起眉宇的瞬间，仿佛有种逼人的气势扑面而来。无人可躲，无人可闪，只能被那凌厉的、透彻的、如他手中的圆月银剑一般的目光，深深地，穿心，刺骨，摄魂而去。

这个男生，有着强大到令人无法呼吸的气场。

"……呃……你……我……"我看着面前男生的脸，完全忘记了自己应该说什么，可以说什么。

那男生冰冷地盯着我，乌墨如琉璃一样的眼睛里，有着暗色流动的光影一闪而过。他似乎不用开口说什么，只用一个轻轻的眼神，就能让他对面的人，立刻俯首臣服。

"白痴。"他慢慢地，冷冷地吐出这两个字。

仿佛在嘲弄我怔住的表情，张口结舌般的表现。

然后，他倏然收回自己的的剑鞘，把他手中的圆月银剑往鞘中一收，光芒一闪，人即转身。

"喂，你别走……"我看着他转身就要离开，连忙跳起身来就想要朝着他冲过去。

哪里知道脚底下被树根绊了个趔趄，一下子就朝着他狠狠地扑过去。我的手指，一刹那间就要碰上他的校服！但是电光火石之间，他忽然就以光影般的速度飞快地向后一退，然后手中的银剑剑鞘朝着我的方向急速地一指——

我没摔倒在地上。

可我是被他的剑鞘撑住，而不是他的手臂。

"别靠近我。"他黑玉般的眼瞳里，闪烁着冰冷透骨的寒光。

"哎……为什么？" 我有点迷茫地眨眨眼睛。

"因为，我最讨厌白、痴。"

啊！

气势，惊人地强大！

这种低低的声音，却带着强大无比的绝对杀伤力，瞬间可以不着痕迹地把你弹出几万米之外，然后再把你的自尊、自信、自强撕得粉粉碎！杀人不见血的武器，说的就是这种男生！

可是……可是这也实在太打击人了！虽然他救了我，但是这样的表情是什么意思？又说我白痴？我不过是在担心他，他却这样没有礼貌……

"喂，虽然你救了我，但也不能这样骂我吧？我是真心在道谢，一定要这么看不起人吗？"我有些生气地，对着他的背影大声叫道。

他竟没有回头。背影，神一样地离去。

太小气了！我生气地攥紧自己的拳头。

"他有足够的理由，可以看不起你。"忽然，有人在我的身后突然说话。

我猛地转过身来，竟然发现个子矮矮的波宝老师和另外一个身材高大，皮肤微棕，但却穿了一件很大很雪白的白袍子的老师站在我的身后。

"你知道他是谁吗？"说话的，正是这位穿着雪白袍子，戴着一顶灰色呢帽的老师，"他就是阿特亚斯大陆龙之国的大王子殿下，泷。"

哎？！泷！我听过这个名字！当初在格里斯桥边，灿和那个瑾大吵出声的时候，他们反复提到的这个名字——泷！那个传说中的男生……泷！

竟然就是他？！龙国的大王子殿下？！

"洛文老师说的很正确。泷的确有理由凌驾于整个龙学园的学生之上，"波宝老师在旁边也慢慢开口，"他，才刚刚三年级就已经是联盟里内定的长老继承人，曾经圣骑士兵营里的大将军想把他要过去，但是在联盟战赛上，他一个人就战胜了四十二个圣骑士，大将军没有把他收入麾下的能力，只能把他让给联盟里最强大的翌石长老。"

"所以，泷是最靠近神的男生。如果有一天他能悟到神性，那么，龙学园就不再是能教授他的地方了。"白袍子的洛文老师缓缓地做出结论。

我却听到目瞪口呆！

这么厉害的……男生！阿特亚斯大陆上最强的圣骑士，联盟里内定的长老继承人，最靠近神的男子！

我忽然觉得自己刚刚傻乎乎地没有向对瑾一样地冲到他身边，真的是万幸了！如果我刚刚哪里一不小心惹怒了他，他说不定抬起手来就把我——喀。我摸摸自己的脖子。

"不过，泷有一个特殊的问题……"洛文老师忽然说。

"什么问题？"我瞪大眼睛。

洛文老师看着面前的我，从头看到脚，又从脚看到头，几乎全都扫了一整遍之后，又忽然叹了一口气："算了。总之那是和你无关的事。"

哎……怎么说话说一半？明明都快要说出来了吧，忽然又停住了？这样真的让人很郁闷的好不好？而且干嘛洛文老师把我上上下下打量了又叹气？

"对了，老师，你为什么要这么早叫我到这里来？"我终于想起最关键的问题，"而且这个地洞，就是锁地门吗？"

"是的。"波宝老师和洛文老师同时点点头。

"啊，老师！"我一听这话，震惊得都快跳起来了，"这地洞里锁着一条会喷火的龙啊，你知不知道！我差点都快被它烧死了！"

"我知道。"洛文老师无比平静地回答我，"是我让波宝老师把你带到这里来的。"

"哈？！您知道还让我跳下去？这根本是要我……"这下我的眼睛都瞪圆了。

那根本是想把我K.O吧！那条龙可是很恐怖的龙！我一想起在洞里

的情景，还要渗出冷汗。要不是那个泷及时赶过来……我恐怕真的早已经做了这条地龙的早餐。

"这条地龙还很年幼。"洛文老师竟然这么说！"这是你的试练，从今天起，你要经常到这里来，等你有一天能靠自己的力量战胜这条幼小的地龙时，才能结束这些训练。"

哈？！我有些吃惊地瞪大眼睛，竟然从今以后每天都要来？

"为什么？洛文老师？！为什么我每天都要来？！"

呜呜呜，我没有那么惨吧，我最爱睡的懒觉，我最爱做的回笼梦，每一个下着雨、晴着天的美好晨光，就要挥着翅膀无情地离开我了吗？呜呜，要不要这么惨啊！

洛文老师看着我，用着最郑重的声音说道："这是你的使命。"

然后，转身就走开了。

波宝老师看着目瞪口呆的我，也若有所思地点点头："嗯，说的不错。使命。你的，使命。"

哈？！什么？使命……我？！别开玩笑了！

我站在那里，整个人都差点要风中凌乱了。

第二章
别惹大魔王

　　我好像真的把这至理名言给忘记了，傻傻地就惹到了大魔王瑾，今天又被他又追又砍的，差点连小命都丢了。萍水相逢的朋友，却这样帮助我，真的让人心里觉得暖暖的。甚至连龙盟的领袖，那个传说中的男生——泷……当他拔剑在我面前挡住瑾挥过来的光鞭时……不知道为什么，心头就像被人刺了一下般地，重重一跳。

Chapter 1 怪怪茶

　　说什么我的使命……别斯巴达了好吗？我的使命应该是赶快找到那六颗琉之钻，解决手上的这个倒霉的琉斯之镯吧。那样我才能快点回到属于我的世界，见到妈妈，还有我那个臭老弟……

　　教室里闹哄哄的，一群男生挤在一起，除了打闹就是一片汗臭。

　　我坐在课桌前，困得有些张不开眼睛。

　　啊，早上起太早了吧，还是趁上课之前先睡个回笼觉好了。我把手臂垫在自己的课桌上，微微地眯起眼睛想要打个小盹……

　　"娜尔……娜尔……"

　　忽然之间，从走廊上传来奇怪的声音……那声音好像从很遥远的地方传来，但是却闪烁着金子般的光芒……

　　哎？是谁？

我忍不住站起身来，朝着走廊上走过去。

有一束光，天堂一般的光芒，从走廊上倾泻过来。那个声音在金子般的光芒里渐渐清晰。

"娜尔……娜尔……快来……到我这里来……"

哎？这是……在叫我吗？这声音，怎么会和我梦中梦见的那个女生是一样的名字呢？他在叫我过去？去哪里呢？我慢慢地一步一步地往前走过去，一直随着那金色的光芒，走过长长的走廊，又走下楼梯……光芒渐渐扩大，阳光一样映透了整片天空……我好像是走进了一个熟悉的地方，墙壁上，一幅又一幅熟悉的油画……

呀，这里，难道是学校礼堂的那条走廊吗？

"娜尔。"忽然，有人在前面轻轻地出声。

我有些吃惊地抬头，竟然看到在走廊的尽头，金色光芒化作一片透明的光圈，而在光影之下，一个金发披肩，身着墨绿色的战袍，披着黄金色的盔甲，手里执着长长如弯月般的阿及琉亚时光之剑的男生，慢慢地转过身来。他的美貌，如同我梦中一样的英俊夺目，转过身来的这一刻，那眼神比金色的阳光更炫目耀眼。

"朱利安！"我惊呼一声。

少年看到我，微微地眨了眨他浓密的长睫，他慢慢地对我伸出左手，那神态表情之间，似乎正等待着我向他走过去。

我几乎像是着了魔一样地朝着他慢慢地走过去。一直走到他的身边。

他抬起手来，轻轻地握住我的手。然后缓缓倾身——

他身上的金色光芒像瀑布一般地慢慢倾泄。而他柔软的嘴唇，落在我的手背上。

"啊！"我被吓了一跳，差点想要缩回自己的手。

他却紧紧地握着我，目光那么坚定。

"娜尔，我终于，找到你了。"

哎？

啵。

我忽然觉得自己的左脸被什么东西戳中了,一点点疼。我猛地张开眼睛。

凑在我旁边的一个人飞快地收回自己的手去,装作很无辜似的在旁边吹着口哨,仰望着外面的天空。

"灿!"我生气地皱眉,"你又在戳我的脸是不是?!"

那个装无辜的家伙停住口哨,在旁边转过身来:"呀,被你发现了吗?哎嘿嘿,真是苦恼啊。嗯,没错,就是我在戳你!"

我倒!该苦恼的人是我才好吧?

"不过,"灿对着我凑过来,"你一个小男生怎么会有这么好的皮肤呢?看起来白白的、滑滑的,好像刚出笼的小包子一样,让人看到了就忍不住想要戳下去呐……我想知道别的男生是不是也有这样的脸孔,所以我把正在读书的信、正在泡美眉的月,还有那个喂兔子的凉都给戳了一遍,甚至我还想去试试瑾的手感怎么样……"

哎……我听着灿的话,嘴角都差点要抽筋了。

要不要这么夸张?他居然为了证明我的脸是不是和别的男生一样,居然去把那几个人都戳了一遍?!我只要一想到那几个男生被戳后的表情,就快要一脸黑线了!

"但是,还是你的最好。"灿忽然俯下身来,脸孔直贴上我的脸。

"哎?"我被他突然而来的距离弄得有点不知所措。

他离我太近了……近到鼻尖都快要蹭到我的鼻尖,他的呼吸有一点热热的,就好像是他的红发一样热力四射;我甚至还能看到他那双琥珀色的眼瞳,那亮晶晶的瞳仁里都几乎照出我吃惊的表情。那种感觉,就好像把我印进了他的眼睛里去一样……

"你、真、的、是、男、生吗?"灿忽然一个字一个字地问道。

"哎?!"我被他吓得心脏猛地一跳,"我……我当然是!为……为什么这么问?"

灿有点失望地皱皱眉头："真的么，太遗憾了，如果你有姐姐或妹妹就好了，直接介绍给我吧。我很喜欢你这种包子脸，如果我能认识一个像你一样包子脸的女朋友，就可以每天戳她的脸啦！"

哈！这种理由！居然用这种理由来找女朋友！这也太夸张了吧！

"哼，"我生气地转过头去，"我才没有姐妹要介绍给你呢。"

"有也不会给你。"

"喂，你不会生气了吧？"灿看我把头扭过去，连忙追过来问，"我只是觉得好玩。好了，别生气了，这个给你喝。"

他拿了一杯东西，推到我的面前。

这倒让我有点吃惊，转头一看，他手里居然也拿了一只咖啡色的杯子，正打开了盖子，慢慢地喝着。浓郁的香气从杯中散出来，一点点地蒸腾在空中。

"这是什么？"我奇怪地问。难道在这间龙学园里，还会有咖啡这种东西吗？

灿捧着他的杯子仰头喝了一口："是我们这里特制的一种饮料。你尝尝看。"

看他喝的那么香的样子，我也忍不住打开了盖子，端起杯子来，轻轻地啜了一小口。甜甜的，还有点苦苦的，没有普通咖啡的酸涩味，倒是有种很浓的巧克力味道。

"这到底是什么？热可可吗？"我又喝了一口问道。

灿拿着他的杯子，一本正经地答道："是蛋鸟粪茶。"

噗——

我一整口的饮料全部都喷在灿的身上！

"蛋……蛋鸟粪？！"有没有搞错，用鸟粪泡来当茶？

灿点点头，一边伸手抖着他校服上的水珠子，一边答："我的是皇家巧克力茶，你的是蛋鸟粪茶。因为蛋鸟长得圆圆的，和你这只小乌龟很像哦！而且传说蛋鸟的鸟粪专门治白痴、弱智、神智不清不楚、分不

清东西南北的人，我看真的很适合你，就帮你泡了一杯……"

"什么？！"一听他这话，气得我立刻就弹起身来，"你才白痴、弱智、不清不楚！灿，你给我站住！"

灿这个家伙，居然立刻弹起身来，飞奔向外！

他居然敢整我，他居然敢让我喝鸟粪茶来整我！这个人是不是太过分了！太过分了！

"你给我站住！看我不杀了你！"我大叫一声，跳起身来穿过满教室哄闹的同学们，径直朝着灿狂跑过去。

灿已经一步跑出了门外。

"我不会放过你的，你给我站住！"我大叫着也要跑出门去。

"小心！"灿忽然大叫一声。

小心？小心什么？我才不会听他的，再上他的当了！

我一步就踏出教室门。

哗——

猛然之间，教室门顶上一盆冰冷的冷水，突然就兜头而下！

我正站在门下，居然就被这样的一盆冷水从头到脚浇了个彻底！

啊……啊啊啊啊！

我愤怒了，我要爆发了，我朝着灿就一声大喊："灿，你太过分了！你居然敢这样整我！我不会放过你，我绝不会——"

突然之间，一道红色的影子，猛地就朝着我的方向飞快地奔了过来！

就在刹那眨眼间，灿突然用力地抱住我，一下子就把我向着走廊的一边用力地一推！

"快闪开！"

怎么回事？！不是他在整我吗？怎么突然情况大变？！他怎么反而突然跑过来抱住我，还要推开我？！

我目瞪口呆地看着浓眉皱起的灿。隔着灿的肩膀，忽然发现在灿的身后，竟然有一颗巨大的银石球从走廊上生生地滚过来，就朝着我和灿

所在的方向！

"啊啊……"我倒抽一口冷气，"灿，小心！小心！"

来不及了！

银色的石球像是有自己的生命一样，朝着我们狠狠地滚过来。走廊上的同学们惊叫连连，纷纷闪开。

灿只是大叫了我一声："小乌龟，快闪开！"

巨大的银球就已经重重地砸在他的背上。

"灿！"

我只眼睁睁地看着灿一下子被砸得摔倒在地上，一口血噗地一声吐在地上。

大银石球轰隆隆地擦着我的身体滚过，如果没有灿推我那一下，我一定就被砸死在巨石球下面了！

可是，灿……灿却倒在地上，漂亮的浓眉紧紧地纠结在一起。

"灿，灿你怎么样？灿，你还好吗？"我惊慌失措地扑过去，伸手扶住他。

灿用力地在地上撑起身来，按住自己的胸口："我……我没事，只是擦到了我的背，还不至于……把我砸死。你没受伤吧？"

哎……这个男生……就算再怎么捉弄我，但是在受伤的这一刻，他却还是在想着我有没有事？我忽然觉得……他其实也不是那么讨厌……他真的还是一个很温暖的人吧……

"我没事。"我连忙摇摇头，"我们快去找老师吧，让医务室的老师帮你看一下伤……"

我用力地撑住灿，想要把他从地上扶起来。

"哼哼，"忽然，从我的头顶传来一声冰冷的冷笑，"真是让人心动啊，这恶心的同学情！"

Chapter 2 战气

这样的话，真让人全身一冷。灿是为了保护我才被银石球砸中，有什么资格嘲笑他？

我有点生气地抬起头。

居然看到在楼梯之外，高高的三楼阳台的边缘上，一头浓密如凤凰的尾羽般飘扬的蓝发，一身墨蓝色如天空大地般的飞扬披风！那个男生只用着一只右脚的脚尖站立在阳台扶栏那窄窄的边缘，整个人就如飘扬在空中一般地伫立在那里！

大魔王瑾！

"啊——瑾学长！"

"风之国的瑾殿下！"

男生们简直被瑾这种出场的气度所震惊，望着他整个人像飘浮在空中一般的出场，所有人都为他这样强烈而压迫般的王者之气所折服了。

瑾高高地站在那里，居高临下地望着我，嘴角边扯过一丝冰冷而微淡的笑："哼，怎么，不服气吗？最好不要再让我看到你们这种廉价的友情，实在让人恶心！"

他……他怎么这样说灿？怎么可以这样说保护了我的同学？虽然他看起来真的很强大，而且，这个男生除了头发和眼瞳和飞宇社长不同，他真的长得很像很像飞宇社长……可是，飞宇社长才不会是他这样的！善良又优秀的飞宇社长，才不会像他这样无情！

"不许你这么说灿！"我生气地突然站起身来，"灿是为了保护我才受伤的，我去关心他，有什么错？你说什么友情恶心，其实是你心里嫉妒吧，你根本从来都没有朋友，你嫉妒别人的友情！"

"什么？！"瑾仿佛被我这样说的话所刺痛，他吃惊地瞪大了宝石蓝的眼瞳，狠狠地瞪着我。

"你就是在嫉妒！因为，没有人会关心你！"我冷冷地瞪着他，"第一次看到你时，我还因为你长得那么像飞宇社长而觉得幸运，我想也许在这里，会遇到我熟悉的朋友，但原来不过是我错了！你才不像飞宇社长！你比飞宇社长自私、自负，喜欢伤害别人，又害怕孤独！你才是最可怜的人！你是这个龙学园里最不受欢迎的人！"

"你——"瑾仿佛被我的话所激怒了，他狠狠地瞪着我，眼瞳里一闪而过愤怒的火花，"有胆量再说一遍！"

"你就是这个学园里，最可怜的人！"我勇敢地，朝着大魔王瑾一口气就怒吼过去！

瑾匪夷所思般地望着面前的我。

我看到他深海蓝色的眼瞳里微微地光芒闪动，墨蓝色的长发像凤尾一般地飞扬，戴着雪白手套的左手轻轻地伸向身体的一侧——

"小乌龟，快闪开！"灿忽然之间就从地上弹起身来，用力地把我挡在他的身后！

啪！

瑾手里闪着蓝光的光鞭，忽然狠狠地就抽了过来！

灿急忙伸手去挡，闪着蓝光的光鞭用力地抽在他的手臂上，一刹那间就一道血红的印子，重重地肿了起来。

"灿！"我连忙抓住他的手臂，"灿，你受伤了为什么又要站起来！"

"我不站起来，又怎么能保护你？！"灿琥珀色的眼瞳，迎着面前霸气的瑾，炯炯闪亮，"你只管退后，有我来对付他！"

灿……

看着挡在我面前的灿，我忽然就觉得心底涌进一阵暖流。

"哼，耍酷想当英雄也不是这么容易的！"瑾看着已经受了伤的灿，冷漠无比地嘲笑道，"想当英雄之前，先当狗熊吧！"

哗——

重重地一鞭，已经又朝着灿狠狠地挥过来！

受了伤的灿，猛地向后退了一步，他满头火红色的发都根根竖立起

来，琥珀色的眼眸里燃起了火焰一般的光芒，他的手臂放在腰间一枚发亮的扣子上，然后从那个纽扣处用力地一拖！

一条火红的，像是一柄会感应主人战气的长剑就出现在他的手上！

瑾看到灿真的敢和他动手了，只冷冷地抿嘴一笑："哼，既然你想为了这个臭小子强出头，今天我就让你尝尝厉害！"

闪着蓝光的光鞭，没有任何犹豫地朝着灿就狠狠地抽了过去！

灿立刻举起手中的红光战气长剑朝着瑾迎过去！

砰！叮当！

剑光四溅！蓝光和红光映在一起，整个走廊上都是一片炫目的光芒。

"龙盟和星盟的再一次动手了！"

"灿和瑾！"

旁边围观的男生们纷纷闪避。

我眼睁睁地看着他们缠斗在一起，很明显，瑾的居高临下更有气势，更加强势。虽然灿的动作已经像风一样快，但是瑾总是在他的剑气将要扫到他的时候，用不着痕迹的动作轻轻一闪，就完全避开了。灿似乎已经用尽了全力，但是瑾的动作却是那么云淡风轻！

灿……灿会不会……

蓝光一闪！

灿的身体一摇，红剑被蓝色的光鞭用力地缠住，然后瑾的力量一松，猛然一甩！

砰！灿居然被狠狠地甩了出来！他的身体重重地跌倒在地上，很明显地整个人全身一抖。

"灿！"我惊叫出声。

瑾站在阳台的边缘，眯起深海蓝的瞳眸，冷冷地笑道："哼，就凭你，也想和我动手？这个臭小子，我今天要定了！"

灿被他甩在地上，却用手背擦了一下自己唇角的血："我不过是刚刚受了伤，不然，我不会输给你的！但是，你别想碰他一下，他是由龙

盟保护的人！"

"你说不能，就不能？！在这所学园里，还没有任何东西，是我不能！"

瑾发狠地一抿薄薄的嘴唇，右手中的蓝光鞭已经重重地再一次朝着灿甩了过去！

灿跌倒在地上，根本没有办法抵御瑾这全力的一击！但是他却高昂着头，没有任何惧怕地朝着瑾那一鞭可以令人致命的攻击！

"不——灿！"我大叫一声，猛地就朝着灿冲过去！

咚。我们两个人几乎撞在一起，而面前的灿吃惊地瞪圆眼睛。我从他又大又漂亮的琥珀色眼瞳里只看到瑾那条像夺命神龙般的蓝色光鞭已经朝着我的背上重重地抽过来！

啊！那……会是多么撕裂般地疼痛！

我猛地闭上眼睛！

痛……就痛吧！

啪！

巨大的力量，带着呼啸凌厉的冷风，直扑上我的脊背。但是！疼痛却没有如预期般地降临！怎么回事？！

我猛然张开眼睛。

灿明亮如琥珀一般的眼瞳里，倒映出我吃惊的脸孔："小乌龟，你身后……"

我身后……我身后怎么了？我猛然回身。

呀！

一道亮白的光芒！银色的光芒！

圆月般的微弯的双刃长剑，闪着月初时那般清冷而高傲的光华！剑身紧紧地缠着瑾手里的那只蓝光光鞭，锋利的双刃几乎已经微陷到光鞭的边缘里。只要他稍稍地一用力，手腕一抖，这条蓝色的光鞭就会如锁地门里的那条地龙的门牙一样，被斩断四碎飞溅！

"泷！"

"真的是泷学长！"

"龙学园里传说中的那个男子！龙之国的大王子殿下！"

"泷学长回来了！"

男生们的议论如潮水一般，一波高过一波。

那个男生的乌发，像瀑布一般地散落下来，凌锐的发梢都像是感应到他身上强大而迫人的气势，丝丝点点，在他的身后放肆飞扬！他如黑玉般的乌瞳，眨也不眨地直盯着面前的瑾，脸上没有一丝表情，谁也触不到他的心。只有他执着那柄圆月银剑的手背上，皇冠状的纹身微微地绽出炫目的光。

一直高高在上的瑾，在手中的光鞭被这柄银剑缠住时，脸上才微微地露出一丝惊愕的表情。

"原来，你已经回来了。"

"这和你无关。"泷的脸上，没有表情。声音却有种直刺人心的力量。

"那这又和你有什么关系？"瑾冷冷看着跌倒在地上的灿和我，"我要的，是这个小子！只要你把他交出来，我不会为难龙盟的人。"

泷黑白分明的瞳，朝着我和灿的方向移过来。

灿忽然之间猛地抓住我的手："泷，不能把他交出去！瑾会杀了他！虽然他才是一年级的新生，但也算和我们有缘，你愿意看着他就这么无辜地死在瑾的手里吗？！"

我被灿说得心头猛然一跳，但还是用力地点点头。

说的是，说的是啊，真的不能把我交出去，不然我真的会被这个大魔王杀死的，看他刚才搞出的那大石块什么的就知道了……

泷的目光移在我的脸上。

黑白分明的眼瞳，明亮得就像是夏夜天空中的星星。但是，那种眼神里，有种逼人的，令人觉得害怕的光芒。仿佛他可以直接穿透你的眼睛，直刺进你的心底……

我被他这样看着，吓得连忙坐直身体。

泷慢慢地转回头去。

"你要抓谁，我不管。"他的声音低低的，"但，别想动龙盟的朋友。"

啊——

我被他的前一句话弄得心都跳到喉咙了，可是又突然被下一句话给弄得咚地一声跌回到肚子里！

啊……这个男生，这个男生太难捉摸了！

瑾显然已经被这样的话所激怒，他冷冷地抬起手来，用那只戴着雪白手套的食指用力指着我："好，那今天我就陪你们龙盟好好地玩一场！这个小子，我一定要带走！"

不要吧！我在心底哀鸣一声。

交缠在一起的银剑和蓝光鞭立刻就猛然分开。眼看一场更加激烈的激战就要在走廊里上演！

"喂，你们干什么呢？！龙学园里，禁止相互战斗！"洛文老师的大叫，猛然就从走廊的那一边传了过来。

Chapter 3 浴室意外

是谁曾经说过吧？别惹大魔王。

我好像真的把这至理名言给忘记了，傻傻地就惹到了大魔王瑾，今天又被他又追又砍的，差点连小命都丢了。还好有灿，那个家伙虽然为了整我，特别泡了一杯蛋鸟粪茶给我喝……呃，想起那个味道，我嘴里还怪怪的……但我还是感激着他在关键时候，伸出援手保护了我。

萍水相逢的朋友，却这样帮助我，真的让人心里觉得暖暖的。甚至连龙盟的领袖，那个传说中的男生——泷……当他拔剑在我面前挡住瑾挥过来的光鞭时……

我忽然想起他那双黑白分明的深海乌瞳，不知道为什么，心头就像被人刺了一下般地，重重一跳。

那个眼神……那个眼神凌厉中却带着一丝莫名的熟悉感觉？

哎，怎么会，我怎么会和他熟悉！别胡思乱想了！我伸手抓抓自己的头发，还是去洗个澡吧，折腾了一天又累又热。我随手脱下自己身上的校服，拿了一件白色的浴袍就走进了浴室里。

哗啦啦——热气蒸腾的水声在浴室里响起。温暖的热气扑上浴室里的镜子，世间的一切都变得朦胧而模糊了。我让自己浸在这些温暖的热气中，慢慢地放松自己。

我已经开始渐渐适应这个学校了，除了那六颗琉之钻还不知道要去哪里寻找，其他的事情似乎都开始平稳前行。琉之钻，而且是六颗琉之钻，要去哪里寻找呢？

哗哗哗——水声不绝。

隔绝了浴室外的一切。

直到半个小时之后，我从浴室里走出来。

呼——洗个澡真舒服，从刚刚战斗的紧张中完全放松了。我拉拉自己身上的浴袍，但是，因为热气的原因，我的视力有点模糊不清，眼前都是一团团的影子。我一边往台阶下走，一边伸手揉揉自己的眼睛。

突然之间，脚下不知道踢到了什么东西！咚！穿拖鞋的脚指头重重地撞在那硬角上！

"啊啊啊！好痛好痛好痛！"我痛得抱着脚丫又跳又蹦。

这到底是什么怪东西嘛，怎么突然横放在浴室门口？我好像没记得我进浴室之前把什么黑黑的东西搬到屋子里来，这到底……

"这什么嘛，突然横在中间，垃圾我就要丢出去……"我生气地下脚，直想朝那里重重地踹一脚。

"别动。"

忽然之间，从旁边传来一个低低的声音。

"哦。"我习惯性地乖乖地哦一声。

忽然之间,被洗澡水淋得差点呆掉的我这才发觉到底是发生了什么事!"谁谁谁!谁在这里!"

"好吵。"

一个低低的,略带不满而烦躁的声音传过来。

我一听到这个声音,顿时觉得自己全身的血液瞬间倒流!

不……不会吧?!听起来那么熟悉?!难道是当初分配宿舍时,说要过一段时间才会回来的同舍的室友?而且是男生?!

我猛地回转过身去,一团白白的影子瞬间清晰——

地上,两只打开的行李箱;墙边的书桌上,已经码起了整整齐齐的书册,而一直空荡荡的对床,不知道什么时候竟然已经铺上了雪白的床单、被子还有松软的枕头!更加恐怖的是,一个高大而颀长的身影就站在离我很近的地方,手里执着那把修长的圆月银剑,微微地皱着眉头,紧抿着薄薄的嘴唇,似乎对我的大呼小叫表示出了十二分的不耐烦和冷漠!

最让我吃惊的是,这个男生,黑发乌瞳!

泷!

"啊!啊啊!"我大叫一声,几乎条件反射一般地,转身就往回跑,连跌带爬地跑回浴室里,然后砰地一声狠狠地关上浴室的门!"你你你……你不应该这样!你不应该擅自闯进别人的宿舍!"

隔着木门,泷的声音冷淡而没有任何感情:"这不只是你的宿舍。我住在109室。"

完蛋了!完蛋了!

最最倒霉,最最悲剧的事情果然发生了!就在我上一秒还在欢庆自己可以独霸109宿舍的时候,最悲剧的事情发生了!那个晚归的泷,被所有人提到名字都带着崇敬的泷,救了我却又鄙视我的泷!传说中的泷,竟然和我,住在同、一、屋、檐、下!

死了死了死了，这次真的死定了！这个强大的男生，这个冷漠的男生，这个不可一世的男生！

最重要的是——刚刚我还在洗澡！我穿着浴袍他就进门来了，刚刚那一刻，他是不是看到我的身体了？发现我是女生的秘密了没有？！他会不会把这一切都告诉别人？那些班里的男生？波宝老师？洛文老师？还有一直没有露面的神秘校长……如果知道我其实是个女生，一定会把我赶出去的吧！那我的六颗琉之钻……

完蛋了完蛋了。我整个人滑跌到浴室的背后，怎么想都是一幅世界末日的景象！

"怎么会偏偏是他……"

我咬住自己的浴袍袖子，一脸的悲愤、气愤、义愤加各种无奈、烦恼、恨……

咚咚。

忽然之间，却有人敲了两下浴室的门。

"开门。"

门外竟然传来泷不带丝毫情绪，低沉而又高深莫测的声音！

我被吓得全身一个冷颤猛地弹起身，牙齿死死地咬住自己的浴袍，吓得声音都颤颤发抖了："你……你要干什么？！"

这个男生，他居然要进来了！他要进浴室里来干什么？难道是看到了我……所以他要……他要……Oh no, My lady gaga！

他的脚步声却越来越靠近了！只隔着一扇薄薄的木门，听得那么清晰。

"开门。"他低低的声线传过来。

"不要！"我用力地揪住自己的浴袍领子，拼命地用背部抵住门，"你不要进来哦，不然我会喊人的！我会叫所有的同学都来看看你这个私闯别人浴室的……"

"会喊人的，不都是女生吗？"他忽然隔着门，低低地问。

呃……

我对着湿气蒙蒙的镜子里的自己大眼瞪小眼。

难道他发现什么了吗？他知道我是女生了？他到底想要干什么？！

"快，开门。"他再一次，在门外出声命令我，然后我身后薄薄的木门竟被他推得微微一晃。

"啊！不要！我死也不会开的，你休想……"

我的话还没有说完。忽然看到湿气蒙蒙的镜子里的自己，模糊成了一团白白的影子，空气中突然就像失去了氧气，一刹那间我连呼吸都快要被人扼住了！眼前猛然就是一团白影，身体无力地滑倒在湿湿的浴室地板上。

砰的一声，我好像听到自己的头重重地撞在了什么地方。

"喂！"木门外一声扬起的叫声，"还活着吗？！"

废话，我不活着，难道我摔一下就摔死了？虽然，真的很痛，很难受……但……我躺在地上，眼前一片模糊……

"喂，你醒一醒？醒过来？张开眼睛！呼吸！呼吸！"

我听见有人急促地在耳边呼唤我，还用力地拍打我的脸颊，可是我却没有一点力气了……只能感觉自己被用力地抱起，仿佛……飘到了空中……

白茫茫的一片……天空中，有春樱缓缓地飘落下来，花瓣像散开的雪，粉粉团团，绒毛一样的白……远处，传来清脆的铃音——

叮铃……叮铃……

"朱利安，你回来啦！"花丛中，忽然跳出一个个子小小的女孩子，手里抓着一大把花朵，兴奋地朝着那铃音传来的方向跑过去。

叮铃。

清脆的铃音停住，那个高大的男生静静地站在那里，淡粉色的樱瓣落在他墨绿色的袍子上，像雪片一样地飞落下来。

她欢快地朝着他跑过去，一不小心，脚下微滑，手中的花束呼地一

下全飞了出去——

花瓣如雨般纷飞。

"啊——"她惊叫。

他却轻轻地伸手,把娇小的她揽进自己的怀里。小小的个子,绯红色拖地的裙子,散开的长发间有一抹淡淡幽幽的香气。她就像是刚刚绽开的幽兰,小小的,娇嫩的。

"我的花……"她苦着一张脸,"本来是送给你的,朱利安。"

花瓣和樱瓣,雪片似地纷纷然地飞舞开来。

落在他的衣间,落在她的发梢。

他拥着她,柔软金发下的脸孔一抹微淡的笑意:"我不需要这些,我只要……有你,就足够了。"

"哎……"她忽然就脸红了。躲在他的怀里,嗅到他身上那淡淡的清草般的芳香。"可是,你要去都灵岛战斗,我还是想要送你一样东西,让它代替着我,陪在你身边。"

他笑了,美丽的瞳里是那么柔软的光,他轻轻地抬起手中的时光之剑,剑柄上悬着一枚清脆作响的银铃:"不是有这个吗?从你七岁那年亲手帮我穿在剑上,它就一直陪伴着我。"

"是的,你一直戴着它。"她纤细的手,轻轻地抚过那枚精致的银铃,"虽然它已经很旧了,但,你会永远戴着它吧?除非,我死了……"

他猛然捂住她的唇。

"不会的。有我在,没有人可以夺走你。没有人。"他紧紧地拥住她,高大的身形几乎把她整个笼罩,"这银铃我会永远戴在剑上的,永远。无论发生任何事,只要你以后听到铃声,就会知道那个人,是我……"

"朱利安……"她抬起头来,有点泪眼朦胧地望着他。

他宠溺般地轻轻地抚了抚她的发:"我会回来的。我们,永远都不会分开。"

春樱,像下了一场春雪般,纷然而落……

Chapter 4 我会负责你

叮铃——

忽然之间，哪里像是传来了无比清脆的铃音。

我立刻猛地张开眼睛，难道梦里的朱利安，出现了？

叮铃——我霍地坐起身来，身边的铃声也突然停止。红头发的灿坐在我旁边的椅子上，手里拨弄着床头柜上一个小小的叫响铃，一看到我醒过来，他立刻放下手里的小铃铛。

"小乌龟，你醒啦！"他兴奋地朝我叫过来。

"哎？"我看着面前的灿，有一点点失望的神情，"原来，是你吗？"

我还以为是梦中的朱利安出现了，但竟然……只是灿在拨弄小铜铃吗？

"喂，你那是什么表情？亏我还很有同学情地守在你身边，看来我这一夜的工夫是白用了。那我不管你了，我走了。"灿有点生气似的一脸鄙夷地看着我。

已经一夜了吗？

我忽然抬起头，只看到窗外已经映出了灿烂的阳光，这才回想起来，原来昨天在109宿舍里，我正在洗澡，然后那个泷突然就出现了，他还在说他是和我同住109室！然后……然后我就吓得跑回了浴室里，再然后我好像眼前一片迷蒙，接着就……

"你昨天昏倒了，泷叫了我把你送到这里来的。"灿对着我挑挑他粗粗的眉毛，"我可是一路抱着你，又帮你脱了衣服，还帮绘心室的安迪医生好好地帮你治疗了一番。小乌龟，你的身材不错嘛……"

灿一边说一边挥舞着双指，一脸眉飞色舞的表情。

我听到他的话，却吓得差点再次昏过去了！

"什么？！你你你你帮我脱的衣服？我的身材？你……你摸过我了？！"

该死的，怎么能随便脱人家衣服，而且随便摸人家！那对女生来说，简直是奇耻大辱！这个家伙怎么可以这样！

"不仅摸了，还全身上下都看了个遍。"灿满脸戏谑的表情。

"你——太过分了！"我实在气到不行，咚地一下从床上跳起来就想给他一拳。

但是拳头才挥到他的眼前，我却突然一呆。

不，不会吧？如果他真的帮我脱了衣服，又什么看过摸过，怎么他现在的表情还是这么平静？按他的个性，如果知道我是女生的话，早就要大呼小叫地跳起来了吧？怎么现在还是这样？

我的拳头就要挥到灿脸上了，那家伙居然还挑着浓眉，用琥珀色的瞳仁静静地望着我。我知道他的身手其实很厉害，但是，他居然不躲开我？

"你又骗我！"我气呼呼地收回自己的拳头，愤愤地朝着他丢下一句。

"哈哈哈哈！"灿看着我挫败的表情，再也忍不住地仰头大笑起来，一边笑还一边伸手揉乱我的头发，"小乌龟，你真的很好骗哎！"

哎，这个人！居然还这么得意！

"不要碰我啦，我的头发！"我对他抗议。

"那么在意干嘛，反正大家都是男生嘛，再说每次野外生存训练时，大家都是一起光溜溜地洗澡的！所有男生的身体我都见过的，你又何必这么扭捏？"灿一边大笑，一边爽朗地扬高声音，"要不然，我先给你看看我的？"

他这个家伙，居然说着说着就把手放在他的校服衬衫上，猛地一用力就要扯开衬衫扣子！

"啊！不要！"我吓得大叫，猛然抬手就捂住自己的眼睛。

"哈哈哈哈！"灿的笑声更大更灿烂了。

我偷偷地从指缝里一看他，这个家伙才不会干什么"撕开衬衫，露出胸肌"的蠢事，他坐在那里看着我惊慌失措的模样，笑得不知道有多开心，连嘴巴都快要咧到耳根了！

可恶，又被他骗了！

"是泷送你来的。"忽然，绘心室的门口，传来低柔的声音，一头浅紫长发的信慢慢的走进来，"衣服是安迪医生帮你换的。"

信如丝缎般的长发，用一条金色的丝带束在了身后，长长顺顺的，随着他慢慢的脚步，金色的丝带随发梢滑动，一种让人看到他就立刻平静下来的温暖气质。他手里捧着一只雪白的瓷盘，盘子里发出轻微的碰撞声。

"喂，信，你不要拆我的台好不好。"灿在旁边笑眯眯地看着好友，"你不知道逗小乌龟是一件多好玩儿的事。"

什么？我好玩？喂，他把我当成大号玩具了是不是。

信把手中的白瓷盘放在我床边的拱桌上，然后从那里倒出一杯浓浓的药汁，药水热气蒙蒙，盛在干净而雕有紫金色花纹的白色杯子里，看起来竟是那样地诱人。

"把药喝了吧。"信拿起杯子，递到我面前。

他的手指又长又白，端着那漂亮的雕花纹的杯子，美得让人移不开眼睛。

"喝药？"我眨眨眼睛。

"灿没和你说吗？"信的声音柔柔的，"你之所以会晕倒，是因为有人在你吃过的东西里下了一种药，这种药会在很短的时间内影响你的中枢神经，你会在不清楚的状态下进入迷幻的世界。"

啊？！我瞪大眼睛。

我是在浴室里陷入了昏迷，而且我还在梦中见到了那个满头金发的朱利安……可是，原来竟有人在我的食物里下了毒？

"本来龙学园里是向来没有这种东西的。"灿听到信的话，也收起了一脸的嬉笑，"安迪老师和信怀疑有人已经私自把这种东西带进学园里来了，并且，似乎是下到了那天我给你喝的那杯蛋鸟粪茶里……"

"什么？！"我一听到这句话，简直都快要跳起来了。

"喂喂喂，"灿立刻就往后撤出三步去，"不关我的事，我是绝不会害你的小乌龟。不过就是那天我在饮水室里泡好茶之后，想要整整你所以又去拿了蛋鸟……但是我没想到蛋鸟茶浓郁的味道，会盖住了渗进去的药的味道。所以，对不起。"

灿忽然向我道歉了。我有点迷糊地眨眨眼睛，这个家伙居然也会说"对不起"吗？

"不过，我一定会负责到底的！"灿用力地握紧自己的拳头，"安迪老师说，这几天要你留在绘心室里休养，所以这几天，我都会陪着你的！而且那天我回来的时候，刚好看到有人从走廊上闪身过去，也许就是他们想要害你，所以，我一定会保护你，一定会抓住他们的！"

"啊？"我听到灿的话，忍不住皱起了眉头，"难道，是瑾他们？"

这到底是怎么一回事？居然会有人向我下毒？一个刚入学的，一年级的新生？和整个学园里的人，除了灿他们没有任何交集的我？他们怎么会害我呢？除非他们知道，我手上的琉斯之镯？

我一想到这个，就觉得自己的手腕上微微地一痛。我连忙伸手捂住自己的手腕。

"不会是瑾。"

但是这不经意间，却忽然看到站在旁边的信，他浅紫色的瞳眸，正落在我的腕上。

我吓得立刻把手放开。

"星盟虽然不会放过自己的目标，但还不会用这种下作的手段。"信的目光有种探究人心的能量，但他轻轻地走向我，他的身上竟也有着淡淡的药水的味道，"把药喝了吧，这个可以稀释你体内的毒素。"

"嗯，快喝，小乌龟。"灿也在旁边抱着双臂监督我，"这些天我都会陪着你的，直到确认你恢复健康。"

"啊，不用吧？"我有点傻眼。

"当然用！是我害了你，所以肯定要对你负责到底！快喝！"灿这个家伙，突然伸手就把信手里的药碗夺过来，劈手就朝我的嘴巴里灌了下去。

哎，这个家伙！呜呜，我可以自己喝，不要用灌的，我又不是鸭子！哎哎……喷出来了！药水洒在我的衣服、被子上，以及绘心室的一地。这个成事不足，败事有余的家伙！

我就这样被迫留在绘心室里。

还好，至少这样就不用去面对那个冷口冷面的泷先生。

我一直记不清自己昏倒的那一刻，到底是谁在叫我，又是谁拍着我的脸，把我送到了绘心室？真的是泷去叫来了灿吗？还是安迪老师？总之那个看起来冷冷的，总是和我保持着距离的男生，是不会救我的吧。

我有点沉默地叹一口气。

窗外，已经是夜色沉沉。满天的繁星点点闪闪地缀在天空中。我忽然很想出去走一走，于是就轻手轻脚地走到了绘心室的门口，慢慢地拉开门。

那个灿还说要保护我呢，这个时候他恐怕已经回到自己的宿舍，呼呼地打呼噜了吧。唉，真是靠不住的家伙。

我轻轻地一拉门——

"呃……别动！别碰他！不然，我杀了你们……呼……呼……"

这声音吓了我一跳。

仔细一看，竟然是灿！灿坐在绘心室门边的地板上，手里握着他自己的那把会感应战气的红刀的刀柄，好像已经疲倦得沉沉睡着，却还是在梦中轻呓着，那些不许别人闯进来的句子。

我看着睡梦中的他。

头发是短短的，有些傲气的酒红色，发梢微微地翘起，像是他最骄傲的神情。浓重的眉宇因为入睡而变得有些舒缓，不再像白天里那么凌厉飞扬。又大又亮的眼瞳闭了起来，嘴巴微嘟，一边睡还一边在梦里小声地嘟囔着什么，睡态竟然像是一个大孩子般的可爱。

　　我想起他下午握着拳头对我说"我一定会保护你，我会负责到底的"，看着他这样睡着的样子，我的脸上，忍不住都要浮上一抹淡淡的微笑。

　　忽然想起他总是戳我的脸，那是不是我也可以趁他睡着的时候……

　　叮铃——

　　忽然之间，不知道从哪里，突然传来一声清脆的铃音。

　　这铃声，太熟悉！

　　我猛然站起身来。

　　铃声再一次响起。声音从绘心室的走廊尽头传来，一处望不到边际，而整个笼罩在一片漆黑的地方……

　　叮铃……叮铃……梦里一样，不停地回响。

HUAYANG 076 LONG ZHIGUO

花样龙之国 (一)

第四章

梦里幻境

　　灿站在那里，浓眉飞扬，凌厉炫目："不是每一个人，都会永远输的！十年前，我是输给你了，十年前，我是没有什么资质，但是十年来，我日日勤学苦练，早起东升，日落归途，从没有一日落下！我是没有你和泷的天分高，没有信的特殊灵力，甚至我比不过凉和月，但是！我唯一有的就是坚持、毅力和不放弃！十年！十年后的今天，我再不会是联盟赛上被人嘲笑的灿！"

Chapter 1 幻音魔铃

　　叮铃——叮铃——

　　铃音在黑暗里，一声声地震响着。

　　我看不到那黑暗里究竟有什么，但只觉得那一片幽深漆黑中，声波和光影在无形的空气中震动着，震动到在这个深深的夜里，都散发出一阵阵幽暗的恐惧。

　　叮铃——

　　铃音持续响着，我像是受到了蛊惑一般，忍不住慢慢地朝着那个黑暗里走过去。脚步踩在木质的地板上，发出咚咚咚的响声。那铃声在黑暗中也一声一声地响着，越发清脆。

　　是……朱利安吗？朱利安在那里？和学校礼堂走廊上所悬挂的那幅油画一样，朱利安回来了吗？不仅仅只是在我的梦里，他，真的会出现

了吗？

我步入黑暗。

铃声响处，一团隐约散开的银光。

一枚精致的镂雕花纹的银铃，在银色光芒里轻轻地闪动。叮铃——叮铃——每动一次，那铃声就清晰地传出来一次。系着银铃的红色丝带，在银色光芒下轻轻飞扬……

"朱……朱利安？"我试探地，轻声地叫道。

可是黑暗中只有那一团银色闪亮着，银铃轻轻地震响，并没有人回应我。

"朱利安？是你吗？"我壮起自己的胆子，再一次问道。

"哼，真的来了呢。"

黑暗中，突然响起一声嘲弄的轻笑。

我的身体微微地一僵，连忙大声问道："是谁？谁在那里？！"

黑暗中，忽然缓缓地伸过一只手来，落入那一团银色的光芒中——那是一只戴着雪色手套的手指，修长的指间爬满了金色华丽的花纹，他轻轻地握住那枚在半空中震响的银铃，轻声地，冷笑。

这笑声，好熟悉！

"瑾！"我吃惊地大叫一声。

银光忽然一闪，握住银铃的人便立刻现身。

墨蓝色的巨大披风，如凤尾般飞扬的蓝发，一双如深蓝宝石般的眼珠！他身上的银光，扩散到让人张不开眼睛的地步！明亮，耀眼，迫人，光芒万丈！

"哼，"他微微地侧身，那样优雅迷人的侧脸上是不屑的嘲笑，"你的胆子还真不小，居然敢一个人就到这里来。不过也真的像送我这枚银铃的人所说的一样，只要握住它，就能抓到你！"

他忽然握紧手中的银铃，剧烈摇动！

叮铃叮铃叮铃！

银铃再不像刚刚那样轻微地震动，因为瑾的剧烈晃动而发出强烈急促的铃音！铃声一波一波地传出来，音波直击到我的耳边，声响再没有刚刚的轻如风铃，反而剧烈到像是寺院里的银钟，声响巨大到可以穿透人的耳膜！

　　"啊——不要！快停止！"我用力地捂住自己的耳朵，仿佛觉得两个耳朵旁边都有一枚银铃，那铃声急促地，急促地，在急促地震响！

　　就算我用手指捂住自己的耳朵，也没有办法止住这声音，最重要的是，银铃加急，心脏就会跟着这铃音砰砰砰地弹跳，铃声越急，心脏就跳得越快，如果他再用力地摇晃下去，我的心脏就会因为受不了这种强烈的负荷而直接在胸膛里爆开！

　　"哈，你不是喜欢这种声音吗？又怎么会想我停止？难道你受不了了？你痛苦了？！哈，我最喜欢看别人痛苦！"瑾更加用力地摇动银铃！

　　"啊——"铃声刺穿我的耳膜！我只觉得自己头脑里嗡嗡作响，整个身体都僵住，完全不能移动了。

　　而这时，从瑾的身边竟然又浮现出四个神智有些微怔的人，瑾只是慢慢地眯了一下眼睛，就下令道："去把他给我捉起来！"

　　那四个人马上就朝着我的方向扑过来。

　　"不！不要啊！不要！"我眼看着四个高大的男生要朝着我扑过来，立刻就失声尖叫。

　　这是怎么了？瑾，这是怎么了？他为什么要这么做？为什么要这样对我？是谁给了他这样的铃……是谁……

　　我抬头看着瑾，他和我最喜欢的飞宇学长是那么相像，飞宇学长的眉宇，飞宇学长的眼睛，飞宇学长笑起来最动人的嘴唇……可是，怎么会变成这样呢？瑾，为什么和飞宇学长长得一模一样，却是要害我呢？为什么！

　　"瑾……为什么……"我瞪着眼前的瑾。

　　一闪神之间，那四个男生已经朝着我恶狠狠地扑过来！

"谁也别想碰他！"

忽然之间，漆黑夜色中，一道如上弦月般的红光，直接划破这一片黑暗！

四个几乎已经要扼到我脖子的男生，被这一剑撩到手臂，刹那间听到布料撕裂的响动，还有一个直接被割破了手，鲜血喷出来。

"灿！"我失声惊叫。

满头酒红头发的灿，手执着他那柄红光战气剑，一步就挡在我的面前！

"只要有我在这里，谁也别想碰他！"灿眉宇凌厉，琥珀色的眼瞳里闪过耀眼的星辉，"他是我要守护的人！"

灿大声地对着所有人宣布道，那一身英挺的战气，帅到令人瞠目！

我刚刚还觉得我在瑾的面前肯定是完蛋了，但是灿却勇猛地跳出来，让我的心都感动地一暖。

"他是我最要好的——小乌龟！"灿居然画蛇添足地又加了一句。

咕咚！我被这一句打击得差点一头栽倒。

喂，拜托你老大，要保护我就好好保护，要说我们要好就真的要好，要说是朋友就朋友好了，你干嘛突然跳出来一句，我是你最要好的"小乌龟"！这么紧张的状态下，你就忘不了我的绰号是吧？！

真是一头黑线。

站在银色光芒下的瑾，看到还在嬉笑的我们，脸上没有一丝笑意，反而挂满了冰冷的表情。

"你是赶来陪死的吗？"他微眯着深海宝石般的眼瞳，冷冷地对灿冷笑，"没关系，我满足你。"

瑾忽然攥紧手里的那只银铃。

叮铃叮铃叮铃——他用力地摇动银铃，铃声又开始急促地震响！

"啊——"我用力地捂住自己的耳朵，那种穿耳的魔音又来了！

"啊！"灿也跟着大叫一声，他刚刚还执着长剑的手，立刻和我一样，

紧紧地捂住自己的耳朵。

"哼，逞英雄啊，继续啊，挥剑啊！"瑾冰冷地对灿嘲讽道，"不是想要表明自己是老大吗？先让你尝尝这魔铃的滋味！"

铃声紧急！越来越响！

啊！好痛苦，头脑像是要被炸开一样，身体越来越不能动了！好像只要听到那铃声响一次，身体就会僵硬一分！别说朝着瑾攻击，再这样下去，连支撑着站在这里都会变得困难了！

"啊——好痛！好痛！"灿忽然大叫。

他的样子比我还痛苦，全身几乎都要战栗起来。我明白他拼命地用力在移动自己的身体，但是却不能！

"灿！"我努力地朝着他大叫。

瑾挥动着手中的魔音铃，越来越用力地晃动："今天你们是不要想逃出去了！在这所龙学园里，没有任何东西是我拿不到的！我说我要这个家伙，就一定要拿到，任何挡在我面前的人，都只有死路一条！魔音使者，把那个臭小子给我抓过来！"

那四个刚刚被灿挡开的男生，忽然又朝着我们扑过来。

灿被铃音催得剧痛，但他却依然大叫："不许碰小乌龟！"

有个男生已经冲到我身边来了，他一手就抓住了我的一只手腕！我吓得"啊"的一声尖叫出来。

灿痛苦得咬紧牙关，几乎拼尽了全身的力气，突然挥剑！

唰！红光战气剑直接扫向我的手腕，一剑就豁开了那个男生的手！鲜红的血喷溅出来。

"居然还敢反抗？！"瑾看到灿还在发力，生气地眯起眼睛，"你越用一分力，就会痛苦加一分！你的手离开了你的右耳，魔铃音就会全部穿过你的右耳！"

铃——

铃声加强！

"啊！"灿痛得大叫，他几乎咚的一声跪倒下去，用握着剑的右手狠狠地捂住自己的耳朵！我清楚地看到有红色的血珠，从他的右手指缝里缓缓地渗了出来……

"灿！灿！你怎么样？你……流血了！"我急得声音里都带上了哭腔。

他是为了保护我，为了保护我才会这样的！就算他骂我小乌龟也好，就算他用蛋鸟粪茶捉弄我也好，我都希望他能平平安安地活着，快快乐乐每一天！我不希望他为我受这样的痛苦！我不值得！我真的不值得！

"哼，这么容易就不行了吗？"瑾看着跪下去的灿，得意的冷笑更是一层一层地爬上他的面颊，"我就知道你撑不了多久的，窝囊废。别在我面前硬撑了，还真以为自己进了龙盟就了不起了？灿，从我们七岁时联盟少年赛你就已经是我的手下败将，现在过了十年，你还是没有觉悟吗？"

啊？！听到瑾的话，我更是忍不住地大吃一惊！

联盟少年赛？七岁？七岁的时候他们就已经参加联盟里举办的比赛了？七岁时灿就输给瑾了？

灿跌倒在地上，呼吸重重地起伏。魔铃音压得他抬不起头来，但是，但是我却从他低下的眼睫里，看到他一抹隐忍的痛楚……

"别跟我说你已经不记得了。"瑾站在远处，脸上的表情尽是得意，"当年联盟少年赛里你被圣骑士和长老们评为什么？是资质最驽钝的一个！什么叫驽钝？就是笨蛋！你的参赛号码还记得吗？是378号！而所有参加的人，一共是379个。你是倒数第二个被允许进入的，所以你的资质已经差到了什么样的地步！我还清楚地记得当年你拿着一根红木的棒子就登场了，记得联盟千人场里对你发出的笑声吗？所有人都在嘲笑你！所有人！至于你是怎么输给我的，我还用提醒你吗？"

瑾的这些话，全部都带着那么凌厉的嘲笑！

我虽然没有见过他们七岁时的场面，但是，听到瑾的这些话，我却

几乎已经可以想见到，那时候不过才七岁的灿，是一个人多么孤孤单单地接受所有人的嘲笑、质问、不屑和冷面。当他一个人面对上千人的笑声时，那个小小的少年，心里该是什么样的伤痕……

总以为，嬉笑的灿心中永远都盛满了阳光；总以为，笑眯眯会捉弄别人的他，过去的日子一定活得平静而幸福；总以为，他是万人宠爱的少年，手中的红光战气剑，也是斩杀无数妖魔鬼气的胜利之剑！

可是！瑾口中的灿，心底却有着一道那么深那么深，那么凌厉到无法触碰的伤痕！

灿低着头。

酒红色的发丝垂下来。我看不到他的眼睛，却只能感觉到一阵一阵的哀伤，从他的眼眶里默默地流出来……

"灿……"我试着，轻声叫他的名字。

瑾看着一动不动的灿，心中的得意更是加深，他用力地一挥手中的魔铃："哼，已经知道无力反抗了吗？那就和这个小子一样，准备受死吧！"

叮铃——

Chapter 2 突破，心魔

铃音……不再是朱利安剑上的铃音，而是要杀人夺命的铃音！

眼看着瑾就要对着我和灿晃动手里的魔音铃，我吃惊地瞪着他，几乎有些若有所思般地呓语道："一定……一定要害我吗？为什么？飞宇学长……飞宇学长不会害我的……"

瑾冷冷地看着我，对我轻声的呓语没有任何的表示，反而我脸上的表情更加重了他的兴奋一样。

"现在才想求饶吗？已经晚了！"瑾挥动手里的魔铃："抓住他

们！"

叮铃——铃声加大！

四个男生已经朝着我狠狠地扑过来，速度最快的那个，一手就扼住了我的脖子！

"啊！"我大叫一声。

不能呼吸了……身体也被人禁锢了！铃声越来越响，身体越来越不能移动，刺耳的铃音就要穿破我的耳膜！救命啊……救命！

那三个男生一左一右地抓住我的手，一下子就要把我架在半空！

"啊——！"

突然之间，一声大叫！红光战气剑在半空中闪过一道耀眼的光芒！半月弧形的光迹，直接扫过那三个男生的手臂！

"啊！"三个男生几乎同时大叫一声，纷纷后退一步。

被红光战气剑所扫到的那伤口，突然间就像燃烧般地猛然向他们的手臂上方呼呼地燎上去！有个男生吃惊地大叫一声："燃烧剑气……啊！"

剑气如火！

一刹那间，四个男生大叫一声，被灿手里的红光战气剑所击中产生的燃烧剑气，直接让他们在一眨眼的瞬间，烧成了灰烬！

瑾蓦然一惊。

由魔音铃里生出来的四个杀手，居然在同时就全部消失了！

"哼，"灿手中执着他的红光战气剑，挺直了身体威风凛凛地望着面前的瑾，"你以为，我还是当年那个怯懦的小男生吗？我不会让你把小乌龟带走的！除非，你问过我手中的剑！"

瑾的脸色是微变了一下的。但是，他立刻转眼极冷地一笑："没错，是有进步，但是，不过是随手杀这么几个虚幻形人，又算什么本事？当年我一招就把你击出了赛场外，连你的武器都碎成了八段，现在还敢在我的面前叫嚣吗？"

"当年是当年，现在是现在！"灿抓住自己的剑摆出姿势，鼻翼上的钻石钉如星芒般闪耀着光芒，"有本事，你就来试试看！"

"试试，就试试！"瑾的脸色突然一变，"明年的今天，我会记得在你墓前为你献上一枝花！"

瑾握着银铃，戴着雪色手套的那只左手蓦然一收，而右手在刹那间就抽出自己身上所佩的蓝光光鞭，几乎在一眨眼间就朝着灿的方向闪电般地甩过来！

"灿，小心！"我吃惊地大叫一声。

"没关系！"灿抬起自己的红光战气剑就勇敢地迎过去，"你只要躲在我的身后，不要出来！"

呛！叮当！

灿手里的红光战气剑和瑾手中的蓝光光鞭狠狠地交缠在一起，巨大的力量使得他们瞬间僵持，空气中爆开红色的战气和蓝色的火花，他们之间的力量在半空中胶着、较量，不分彼此！

"哦，不错嘛。"瑾冷冷地笑了笑，"不过，只是这样就觉得可以赢我了？"

瑾的话音未落，刹那之间他手中的蓝光光鞭竟然瞬时分散成无数个鞭梢，每一只鞭梢都朝着灿的方向狠狠地抽过来！灿如果躲开，就会被那条缠在红光战气剑上的鞭子刺穿身体！如果他不躲开，那么这无数条鞭梢就会全部狠狠地抽在他的身上！

瑾，无以想象地强大！

"灿！"我看到这里，已经忍不住吃惊地尖叫："快放开他！"

瑾的宝石蓝般的眼瞳朝着我的方向一闪，他左手掌心里的银铃又开始震响！

"啊——"我痛得捂住自己的头。

灿也痛苦地拧紧了他的浓眉。

但是瑾，他一个人攻击我们两个，居然还是那么轻松，那么穿耳的魔音铃，在他的手里却是那么自如！他仿佛根本不怕这铃音，而手中光鞭的能量，又是那么无以伦比地强大！

"臭小子，我今天就要让你尝尝得罪我的后果！"瑾用力地晃动魔铃！

铃音里像是突然伸出了一只凶狠的利爪，狠狠地就扼住我的喉咙！尖尖的指甲直刺进我的肌肤！好痛！

"不要碰小乌龟！"灿大叫一声。

瑾却更加被惹怒了，他海蓝色的眼瞳猛然一眯，凤尾般的墨蓝色长发飞扬在空中！几乎是一股战气从瑾的眉宇中冲发而出，狂风暴雨般地朝着灿狂袭而去！

"啊！"灿大叫一声！

没有办法松开红光战气剑，无数条光鞭就像是无数根银针一样，狠狠地刺入灿的身体！他身上的校服外套、衬衫全部被撕裂，血珠从伤口里飞迸出来……刚刚受了伤的右耳流出更多的血，甚至连左耳里也有血珠在向外滚落……

"灿，不要啊！灿！"我失声尖叫。

灿却死死地握着手中的红光战气剑不肯放开。万条光芒刺进他的身体！

"哼，觉悟吧！"瑾得意地猛然一甩手中的蓝光光鞭！

哗！

已经身受重伤的灿被狠狠地甩出去，砰的一声跌倒在地上！

"灿！"我惊叫一声。

瑾看着摔倒在地的灿，冷笑道："哼，手下败将就是这么没用，就算是过了十年，你还是和小时候一样窝囊！别以为跟了泷那个家伙，你就真的可以无敌了，我告诉你，龙盟是可怜你才让你加入！你算什么东西！窝囊废！白痴！"

啊……瑾……瑾怎么可以这样骂灿！明明知道七岁那一年，是他心

底最深的一道伤，他却还在打击灿！

"不要再说了，瑾！求求你，不要再伤害灿了！"我朝着瑾大叫一声。"灿，快起来，不要再听他的！不是那样的，你一定不是那样的！你要相信自己，知道吗？没有人可以永远战胜别人，你现在已经不再是七岁的少年了，没有人可以再嘲笑你，没有人可以再伤害你！现在……再不是联盟的少年赛赛场，现在是在龙学园里！灿，你是很厉害的圣骑士，你是很厉害的龙学园里的战士！灿，你起来啊！"

灿面孔朝下倒在地上，一动不动。

其实，我明白，心中的那一道伤，比身体上千万道的伤口更重、更深、更打击人！就算是瑾用了多少鞭子抽中灿，都没有比那一句话更打击他！七岁的小小少年，千人比赛场中的哄笑，那种铺天盖地般的无助和耻辱感，一辈子……一辈子都忘不掉。而现在，却还在那个胜利者的面前，被狠狠地甩了出去！依然失败地摔倒在地！

再多的血，也弥补不了心中的那份伤。

"灿，快起来啊！"我拼命地，大声地叫他的名字。

可是他倒在地上，一动也不动，好像昏过去了，又好像……已经失去了全部的力气。

灿……你真的……放弃了吗？不行了吗？一辈子要活在那个阴影里吗？永远都不能战胜瑾吗？灿！

我看着趴在地上的他，不知道为什么，忽然觉得眼泪都快要流出来了。

"你还顾得了他？顾你自己吧！"瑾大叫一声，手中的蓝光光鞭朝着我就猛地甩了过来！"我今天就要让你知道，得罪我的下场！你这个不知道轻重的臭小子，明年的今天，就是你的祭日！"

"啊！"我惊叫一声。

蓝光光鞭狠狠地缠上了我的脖子，我快不能呼吸了……不能了……可是旁边的灿，却还是被摔倒在地板上，脸孔朝下地趴在那里。我知道，

他的心里会有什么样的伤……可是，灿，我不想你变成这样，我还是想念那个阳光的灿，快乐的灿，永远幸福的灿！

"灿……"我在瑾收紧的蓝光光鞭里拼命地挣扎，"灿……加油啊……快点……站起来……你……你可以的，你一定可以的……你一定可以战胜他的……我……相信……你……"

"还有精神在这里废话！"瑾突然暴怒，猛地一收手中的鞭子！

啊！被折断喉咙的痛感深入骨髓！

我……快要被杀死了吧……这个无情的瑾……不用等我收集到什么六颗琉之钻，我已经要被这个人杀死了！

可是，就在这个刹那！

我忽然觉得自己的身边，有一道红光闪过！

红！像火焰一样的红！像宝石一样的红！像烈酒一样的红！

这样的红，亮过当空的骄阳！

一直跌倒在地上的灿忽然就站起身来了，他手中的红光战气剑发出尖厉的啸鸣，仿佛随时都要从他的手中冲出去厮战一番！而灿一头耀眼的红发根根竖立，那种顶天立地般的高大，坚定、自信，让他鼻翼上的钻石绽放出耀眼夺目的光芒！

"灿……"我吃惊地看着身边的灿。

灿他终于……终于突破了他心底的那道伤！从那些嘲笑，那些打击，那些失败中，磨砺而出！太好了！

瑾的表情也微微地有一点吃惊。

灿站在那里，浓眉飞扬，凌厉炫目："不是每一个人，都会永远输的！十年前，我是输给你了，十年前，我是没有什么资质，但是十年来，我日日勤学苦练，早起东升，日落归途，从没有一日落下！我是没有你和泷的天分高，没有信的特殊灵力，甚至我比不过凉和月，但是！我唯一有的就是坚持、毅力和不放弃！十年！十年后的今天，我再不会是联盟赛上被人嘲笑的灿！"

灿说着，狠狠地一剑就朝着瑾劈了过去！

瑾被灿扑过来的样子惊了一下，但他还是迅速地做出反应，扼住我脖子的光鞭猛然松开，狠狠地朝着灿的身上甩去！

"你坚持十年又能怎么样！今天，你还是会失败！"

可是，就在瑾说出这一句话的瞬间，有一道耀眼的红光从灿握着红光战气剑的手臂上突然闪过，像是一颗火红的宝珠，从他的手肘一路滚到他的手腕！

灿就在这一刻猛然挥剑出击！

"啊——哈！"剑气如火焰，剑光如彩虹！

一道无法阻止的红光，令霸气的蓝光光鞭慌忙闪避，朝着瑾的方向狠狠地劈过去！

呛——叮——

一击闪过！

红光直接穿透瑾戴着雪色手套的那只手，把他掌心里的那枚魔音铃击到粉碎！铃音消失，银片纷飞！

Chapter 3 星光秘密岛

击——中——了——

灿手中的红光战气剑，虽然没有一剑刺伤瑾，但是却能穿过瑾握紧的掌心，直接刺碎那枚魔音铃，已经是让人大大地吃惊！面对着不可一世的瑾，面对着曾经大败他的瑾，他没有再怯懦，没有再受那处心魔的困扰，灿终于……击中了瑾！或者说，他终于击碎了自己的心魔！

也许，战斗中会遇到很多很多强大的敌人，甚至那些人可能比面前的瑾还要更锋利，更强大，但是这个世界上最大的敌人不是面前的人，而是自己！心中的那张网，心底的那只魔，才是最难战胜的，最难克服

的！只要你能把自己的心魔都打败，那么这个世界上，便没有什么东西不可战胜！

"灿，你是最棒的！"我禁不住叫出声来。

瑾似乎有些目瞪口呆地看着自己手中被击碎的魔铃，又看着被灿的红光战气剑一剑刺破的雪色手套，金色的花纹因为布料的碎开而从中间断裂。

海蓝色的眼瞳因为吃惊而蓦然放大，接着是无比愤怒的表情："哼，别以为你只用这小小的剑法，就能赢过我！"

灿却不会再像前面那样犹豫了，他直接拉开自己的架势，高擎起手中的红光战气剑："那，就让我们来场生死决战！"

"好！"瑾的面孔立刻就变得无比认真。

一场大战就要在此展开！

"谁在那边？"忽然，远处有明晃晃的灯光照过来，"有人在这里私斗？！我已经感受到你们的能量！学园里禁止内战，跟我到校长室去！"

巡夜老师的叫声突然远远地响了起来。

瑾回头看一眼远处闪过来的灯光，有些生气而愤恨地回头道："哼，今天就放你一条生路，下一次等有机会，我会让你尝到苦头！"

"哈！"灿也回应瑾的冷笑，"想逃走就不要找借口。我不会再输给你了，绝不会！"

瑾冷冷地瞪了一眼灿。

然后，我明显感觉到他蓝宝石般的眼瞳落在我的身上。虽然被灿击中了手掌，但是他深海宝石般的眼眸里，那一抹深深如漆夜般的光芒，还是让我的心脏忍不住砰地跳了一下。他的凌厉，像他手中的光鞭。

"至于你，就再给你一点活着的时间，好好珍惜！"

瑾丢下这一句话，转身就向着走廊的窗外，纵身一跃！

喂，这可是五楼……可是，漆黑幽深的夜里，那个凌厉帅气的男生，

张开他墨蓝色的披风，那头如飞扬的凤尾般的蓝发，匆匆消失在黑夜中……

"哼，打不过就逃走了！"灿对着瑾消失的方向，"总有一天，我一定会赢你的！到时候，我也找一千个人来笑话你！"

"灿……"我一脸黑线地看着他。

这个男生，前一句还挺英雄的，后一句怎么突然就年龄大落，简直跟个没长大还在斗气的孩子一样了。

咚咚咚。那边老师的脚步声已经匆忙地传过来，手中的灯光也快要照到我们的眼睛："给我站在那里，不许动！"

"不许动？"灿瞪大眼睛，"不动才怪！"

他倏然拉住我的手腕，转身疾奔！

"哎？"我根本没有想到他会突然做出这样的动作，"灿，我们要去哪儿？"

"去只属于我们两个的岛吧！"灿用力地拖住我，一路狂奔。

哎？只属于我们两个的……岛？

"喂，前面的，站住！不许跑！"

我还在犹豫，后面老师的叫声却更加响亮，脚步声也更加急匆匆地传过来，越来越近。

灿跑得更快了，更加用力地握住我的手腕，我被他猛力地拖着，拼命地向前向前，用尽了自己全部的力量，才能跟上他的脚步。

呼——呼呼——呼——

我们在黑夜里，跑过龙学园的大草坪，穿过学园的图书馆，拐过宿舍楼的垂柳通道，最后拐上暗北之山旁边的一片巨大的山石。灿用力地拉着我，向着山石后纵身一跳！

"到了！"灿忽然惊呼一声，"我的秘密岛，现在，和你分享！"

哎？！

我气喘吁吁地停下自己的脚步，因为剧烈的奔跑而使得我的胸膛起

伏。可是，当我喘息着抬起头来的时候，简直被眼前的一切所惊呆了……

好美哎！好美好美的地方！这里，应该是龙学园彩虹岛上没有被人发现的一个野生的小湖？湖面不大，藏在暗北之山的侧后方，湖水波光粼粼，清澈见底；湖中央有一处小小的圆岛，岛上不知道被什么人建了一处白色的罗马式小亭子，而通向小亭子的湖面上，是一条扭成了"S"形状的小路。路边，长满了矮矮的青草，当湖面上的微风吹来时，水光闪动，草声沙沙，一种说不出的动人之色隐隐地浮现出来。

"哎，好美啊。"我忍不住惊叹道。

在这样寂静的夜色里，清澈如水晶的湖水倒映出天空繁星的光芒，点点缀缀的星河仿佛落进了湖里，又反映到了人间……仙境一般的美丽。

"嘿，不错吧，这可是我的秘密基地。生气的时候，愤怒的时候，不高兴的时候，高兴的时候，一个人的时候……我都会到这里来。"灿伸手抓抓头发，好像笑容有一点点羞涩。

"啊？高兴不高兴都会来？"我望着灿，他的眼瞳很亮很亮，鼻翼上的钻石钉，像水面上的星星一样。

"是啊，高兴我就会来唱歌，不高兴我就……"灿停住。

"不高兴怎么样？"我追问他。

"呃，抓鱼。"灿立刻说了出来，"其实，抓鱼很好玩的，你很生气愤怒的时候，脱了校服挽了裤子下水，那些小鱼儿就会朝你的脚边游过来，你为了捉到它们，就不得不屏息等待，那时候什么不高兴的事情，就全都丢在脑后了。"

灿兴奋地说着，琥珀色的眼瞳里绽出灿烂的光。

"没想到你还会有这样的兴致。"我真是没有想到永远灿烂的灿，竟然也会有一个人郁闷的时候，"不过，你受伤了……"

他兴奋地卷起衣袖，让我看到那些被瑾用蓝色光鞭用力抽到的地方，有一些伤口很深，还慢慢地流出血来。

"哦，这没什么。"灿收起自己的袖子，"流血和伤疤都是男子汉

的勋章，是吧，小乌龟。"

他一手臂就搭上我的肩。

哎……我顿时脸都红了，这个家伙，还总是这样没轻没重的，谁和他一样是男子汉了？也不搞搞清楚就……

"还是……还是处理一下吧。"我从自己手口袋里摸出一方手帕，朝着灿受伤的地方就包扎过去，顺道躲开他搭过来的手臂，重得快要压死我了。

"没事，不用包的。"灿大大咧咧地说，"这些伤算什么，只要我能赢了那个家伙……从七岁那年我就一直在憋着这口气了，凭什么我要被他们嘲笑，凭什么一直被他看不起……有什么了不起的？我知道瑾和泷都是天资聪颖的那种人，有时候老师同样教授我们，他们很快就学会了，而信又是和我们不一样的人，月和凉学习的速度也很快，所以我就成了最后一个。但是，那又有什么关系！"

灿似乎很努力地回忆着往事，他的唇角边竟有了灿烂的笑容。

"因为，我可以比他们更努力！我可以每天都坚持练习剑法，每天都跟老师学习，就算龙学园放假，我也可以跟森之国的剑师们每天在一起！他们睡觉，他们喝茶，他们旅行，他们聚会的时候，我都在练习！出剑慢又怎么了，没他们聪明又怎么了，我只要坚持，总有一天会超过他们的！没有人出生时就是剑法的天才，而后天的努力，可以使你达到更高的高度！我总有一天一定能战胜瑾的！今天就是最好的证明！"

灿越说越激动，甚至猛地挥动一下他手中的红光战气剑，他手肘上几乎立刻就出现一道如红宝珠滚过般的红光剑气，耀眼夺目！

啊……那是？

"灿，你真的很厉害。"我看着兴奋的灿，也忍不住赞叹道，"你能突破你的心魔，真的很厉害。有时候，人就是被自己困住了，一旦挣破，一定会破茧成蝶！灿，我看好你！"

"真的吗？！其实你知道吗，是你给了我鼓励！是你说相信我，我才会鼓起勇气的！小乌龟，你是这么多年来，第一个说'我相信你'的人！我真的真的很高兴遇到你！"灿听到我的话，兴奋地一手握住我的肩膀。

他琥珀色的眼瞳，在这一刻瞬间放大，满满的水波银光映进他的双瞳。他的眼睛，是那么地清澈明亮，闪烁着兴奋而燃烧的光芒，又倒映出面前的我，一点点为他开心的笑容。

灿忽然，微微地怔住。

他望着我，望着我。静静的，任他鼻翼上的那一枚钻石，像夜空中坠落的星子，熠熠生辉。

夜，静极了。

只有风声，水声，星光，湖光。他，和我。

"小乌龟，你……怎么会是男……"灿忽然，像呓语般地蹦出一句。

"灿，你说什么？"我望着表情忽然变得有些怪异的他。

"没！"灿忽然像是被烫到一样，猛地放开我，"你……你不是要帮我包伤口吗？怎么……怎么停下了？"

哎？

我都被他搞忘记了。

"我马上包。"我连忙低下头来。

静静的星光和水光照耀着他的伤处，和我雪白的手帕。可是手指怎么也不听使唤，好像根本包不上去。

灿刚刚在说什么呢？他的表情怎么突然变得很怪，甚至当他琥珀色的明眸里闪出一丝光芒的时候，我甚至觉得在那一刻，灿的眼睛里，是不是跳出了一簇奇怪的火花？那是……什么呢？

"包好了没？"灿在问我。

"就快了……"我低头忙碌。

"……"

"好了没？"

"……"

"还没好吗？十分钟了。"

"……"

"半小时了，我……我手都麻掉了，小乌龟……"

"……我……灿，我尽力了……包伤口我实在是外行，这个蝴蝶结送给你当作突破心魔的成人礼吧！嘿嘿。"我对着灿讨好般地笑着。

灿蓦然低下头来。

在离着他伤口十万八千里的手肘弯里，我的雪白手帕被横七竖八地绑成了一条螺旋状的蝴蝶结，最重要的是，那蝴蝶结不仅歪歪扭扭，还是朝上外翻的！毫无美感可言啊！

灿的额头扫过一堆黑线："小——乌——龟！"

"啊，我真的不是故意的啦！我去找信来帮你重新包！"我大叫一声，传身就跑。

"你给我站住！"灿的叫声，从我的身后大声地传来。

星光，从天空中洒落在水面上。

银光灿烂。

当我蹦着，跳着，想要躲过灿的攻击的时候，突然有一道深色的身影，挡住了我面前狭窄小路上的所有灯光……

Chapter 4 学园里的秘密

天光大亮。

小麻雀在教室外面的树枝上啾啾啾地叫。

我又趴在教室的课桌上补眠。不是我太懒了，实在是这几晚都没有睡好。先别提绘心室里总是有点消毒水的味道，就说灿真的每天都守在绘心室外，就让我有点过意不去。但是这个家伙真的还蛮固执的，无论我怎么说都不听。但是自从那晚我和灿一起和瑾对抗之后，我忽然觉得

灿也是那么可爱的一个男生。他的执着和认真，也许是这间学校里任何人都比不上的。

当然让我烦恼的事情更多。

那天晚上我和灿从秘密岛回来的时候，你猜我遇到了谁？！

龙学园的超冷面王——泷啊！

他不知道为什么那么晚还在外面瞎晃，但是那天当我不小心在秘密岛回来的路上和他一下子撞在一起的时候……他高大的身材挡住了路上所有的灯光。空气都为他凝结了，他那双漆黑如坠落之星般的眼瞳，闪着令人不敢直视的光芒。

我……我吓得立刻就倒退三步。

哎，我好像有点怕他呢。可是，可是这样下去，我怎么跟他同住一间宿舍？那不是每天被吓得胆战心惊，就是小心翼翼地连觉都睡不着了！唉，真是愁死我了。

"苏秒……"

哎，谁在叫我的名字？

我闭着眼睛，朦胧中好像听到一个忽近又忽远的声音。我想张开眼睛，却觉得眼皮无比的沉重。

"苏秒……苏秒！"声音加大，那声响在我的耳边，似乎有些生气的味道，"为什么你找到了琉火之钻，却不把它拿回来！"

哎？！我在黑暗中虽然看不到人，却清楚地听到这一句话！

"琉火之钻？在哪里？我……我没有看到啊！"我连忙回答。

"不要装傻了！你明明已经看到了，却故意不拿回来！"一道黑影在黑暗中猛然一闪，"我再给你一次机会，如果你下次再看到琉之钻而不拿回来，我就会杀了你，再派别人去拿！"

漆黑的暗影中，一道穿着黑色斗篷的身影呼啸而过！

啊！是那个把我丢到龙学园来的黑幽人！

"啊！我没有！我真的没有看到……"我失声惊叫。

"苏秒！"忽然有人再次大声地叫我的名字。

"我没有……我真的没有……不是我……"

"苏秒！"声音加大！"苏秒你给我醒过来！"

刹那间，我突然像是从梦中挣脱了梦魇，一下子张开眼睛。

满课堂里所有男生的目光都投在我的身上。

发……发生什么事？我眨眨自己的眼睛。

突然之间，咻——

一道白光从我的眼前疾袭而来！凭着多年和老师在教室里"战斗"的反应，我判断那应该是一枚拥有"光速"的粉笔头！

我闪！

我猛地一侧身，粉笔头擦着我的脸颊直接向我身后空袭而去，啪的一声弹中我身后男生的鼻子，男生捂住自己的鼻孔，轰然倒下！

"哈哈，这种东西已经对付不了我啦……"我得意洋洋地差点要手舞足蹈。

谁知道，螳螂捕蝉，黄雀在后！我的"欢欣舞"还没挥上两下，突然之间眼前就有一只沾满了粉笔灰的黑板擦以"超光速"的速度直接对着我的脸狠狠地拍过来！速度快到如同眨眼，令我闪躲不及！

啪！

粉灰四溅。我的大饼脸上，一片白白的鞋底板般的印子。

"洛文老师……"我欲哭无泪。

洛文老师一身雪白的袍子，青蓝色的花纹和他现在板紧的脸孔一样的严肃："道高一尺，魔高一丈。苏秒，想试试我的无敌风火粉笔头吗？包你满头包，不满意还可以加送一次的亲。"

无敌风火粉笔头？洛文老师，拜托你搞点平易近人的招术好吗？还搞什么加送一次的亲……难道龙学园也被淘宝体附身了？难道您一本正经地说出这么雷人的话来，都还能板得住您那张严肃的面孔吗？

"我……我不想……"我没骨气地答。

轰——满堂的男生们笑成一团。

可恶……你们这些家伙。我现在才发现，不只是女生爱起哄，男生们其实更会兴灾乐祸啊！

"洛文老师。"

忽然有人敲敲门，教室的门开了，但是却只有门打开，看不到人。全班人都立刻起立，集体向下望。

波宝老师站在教室门口，超级迷你蓝精灵。

"洛文老师，关于前几天学园内有人私斗的事件，学园长已经决定做出处罚，所以我要暂时带苏秒去学园长的办公室。"

"哦，是吗？已经找到私斗的两方了？"洛文老师立刻问道。

"是的。"波宝老师立刻说，"其中一个，就是你们班上的瑾。"

洛文老师挑了一下眉："果然不出我所料。好，我带苏秒和你一起去学园长的办公室。"

"可是？"波宝老师却像是犹豫了一下，但最终还是点点头，"好的，我们一起去吧。"

洛文老师立刻回过头来，很严肃地叫我："苏秒，带上你的书包跟我们过来。其他人，自习！"

这一叫把我叫得都紧张起来了。

旁边两个男生低声议论——

"龙学园可是禁止私斗的，听说会处以很重的处罚。"

"叫苏秒带上书包，是要做好开除他的准备吧？"

开……开除？这太夸张了吧，而且……那是不是因为我，灿也会被？！我一下子就紧张起来了。

我背上自己的书包，跟着波宝老师、洛文老师一路穿过龙学园彩虹般的校园，一直走到彩虹花园最后的一栋白色的双层建筑面前。这里就是传说中的学园长的办公大楼。只有学园长一个人使用哦！看着上上下下足有六七间的房子，会不会太浪费了哦？

波宝老师和洛文老师推开酱紫红色的大木门，先走了进去。

我也连忙跟进去。

一进木门，踏进这间独栋的双层办公楼，让人吃惊的竟是首先映入眼帘的一处位于大厅中央的小型喷泉！

这似乎是一座用上等的白玉雕琢而成的喷泉，白而晶润的玉石在泉水的长年润泽下，绽放出那么光洁而透明的白光；而从泉眼里喷射出来的泉水，居然在没有太阳光的照耀下自动地分成七股，一股向上喷出，而另外六股分散下落，每一股都有着不同的颜色，在水花晶莹跳跃的时候，闪现出那么特别的动人光芒。

好奇特的喷泉啊，也好有龙学园的彩虹特色。

我有些吃惊地打量着这七色喷泉，洛文老师和波宝老师已经在大厅里站定，然后向着喷泉后方报告道："学园长，我们已经把苏秒带来了。"

我抬起头来，这才发现原来在离喷泉后方不远的地方，摆了一张超大的黑色书桌，桌上不仅堆着满满的书籍卷宗，还有一台很新很洋气的白色一体电脑。哎……龙学园的装备还挺先进的。我还一直以为这里是个落后的时代呢。大办公桌后面是一整面由东到西顶天立地的大书柜，上面满满的，从天花板到地面都堆满了书。

但是，没有人在桌前。

反而是在喷泉的左右，瑾和灿一左一右地相隔着站在那里。

灿一看到我，立刻扬起他浓重的眉毛，笑眯眯地："Hi，小乌龟！"

"Hi……"这个家伙，不叫我小乌龟会死啊。

瑾站在另一边，对着我们斜睨了一眼，鼻孔里发出冷冷的一声"哼"，满脸都是不屑的表情。

"龙学园的校规，在你们进入学园的时候都有学习过吧。"空气中，突然响起低沉而有力量的男声，重重的好像是一位年纪很大的长者，"第23条明确规定着，如果一旦发现私斗，私自动用龙学园所学习得来的力量，都将会受到最严厉的处罚！严重者，龙学园有权力把他开除，并永生不得录用！"

　　哎，这声音，好威严，好强硬，一点没有说服劝和的余地！原来学园长竟是这么严厉的吗？那被他发现了我们那天晚上和瑾大战了一场，是不是真的要开除我们了？灿也没有办法再在这里留下去了？

　　"学园长，"洛文老师突然开口说话，表情严肃中还有一点僵硬，"有些事情我认为要辩证地实行。瑾的脾气虽然是顽劣了一点，但是他绝对是二年级里……"

　　"洛文。"学园长苍老的声音打断洛文老师的话，"你的责任只是做好你的班导主任，至于严重违反校规的学生，我认为应该按照学园规则进行惩罚，无论他有多么好的天资，都应该和别的同学一样，一视同仁。"

　　洛文老师被学园长训斥，表情难看地低语："别说得那么好听。你还不是和你的女儿一样，都看不习惯有天分但是有个性的人……"

　　哎？洛文老师这话中有话哦！居然都扯上学园长的女儿了？而且表情还一脸"怨妇"的模样，难不成是学园长的女儿把洛文老师甩了？！

　　哦呵呵，本着超级八卦的心情，我把自己的危机都给甩在脑后了，发现洛文老师的超级秘密，我笑得一脸的"天真无邪"样。

　　波宝老师伸手拉了拉洛文老师："洛文，不要对学园长说这种话。"

　　洛文老师闭上嘴巴，但是一脸愤恨的表情，好像很是生气的样子。

　　"洛文，你过去的事情，总有一天我会和你结算清楚。莎拉也一定会。"学园长苍老的声音继续响起。

　　可是，可是——我用力地眨眨眼睛。

　　为什么我在彩虹喷泉的背后，竟然看到有一个穿着雪白拖地长裙，身材无比婀娜动人的长发美女，慢慢地从通天般的大书柜后面走了出来？她向着我们的方向走过来，步子轻盈得像是根本没有办法听见，而且她身后拖地的长裙像是蝴蝶般透明的双翼，走动中荡起那么星雾点点的波浪。她有着直垂到腿弯的银色长发，一双美丽的金色双瞳，好像梦

境中的精灵公主一样漂亮。

女……女人？在号称只招收男生连绘心室的安迪老师都是男人的龙学园里，居然出现一个这么漂亮的女人？

我吃惊地瞪圆了眼睛看着她。

她慢慢地走过来，更加让我吃惊的事情发生了，她朝着我们开口，声音却是低沉苍老的学园长的声音，像是从四面八方传过来，让人分不清来自远方还是来是身边。

"现在，我要这三个学生把那天私斗的原因、过程，来去过往，全部说清楚。如果谁说错一个字，就将要面临龙学园史上最严厉的处罚！"

哎？哎？！难道，这个美丽得像公主一样的女人，居然……就是学园长？！

"学……学园长，你的声音……好奇怪！"我吃惊到目瞪口呆，忍不住伸出手指指着那么美丽动人的她，吃惊到连嘴巴都无法合拢了。

美丽如精灵公主般的学园长在听到我的声音后，也有点吃惊地转过头来。她用她那双金子般的眼睛上上下下地看了我一遍之后，声音忽然变得清脆如银铃般地响起来："你看得到我？！"

HUAYANG
102
LONG ZHIGUO
花样龙之国 一

第五章

斗命棋

"这就是斗命棋的棋盘,棋盘共分三十二格,每一格里都有不同的命运符号和随机机会,走到哪里都要听从命运的安排。如果一旦掉进死亡陷阱,那也只能去面对死亡。斗命棋分东西两家,谁先走到棋盘的正中央,谁就赢。输的那一方……以血祭棋。"

Chapter1 精灵学园长

"你看得到我?!"

精灵公主般的学园长一声惊呼,这一次她的声音像银铃一样清脆,和她金发摇曳、长裙拖地的美貌合二为一。

"当然!为什么看不到?"我吃惊地眨眨眼睛。

可是,站在我身边的洛文老师和波宝老师听到我的话,都对我投来奇怪的目光;甚至连站在喷泉两侧的瑾和灿,都有些怀疑地看着我。

"难道他们都看不到你吗?"我吃惊地瞪着面前极其美丽的,精灵公主一般的美女学园长。

"嘘——"美女学园长把手指放在自己的嘴唇上,示意我声音放小。

然后她手里拿了一只雪白的,透明的像是冰晶一般的小魔杖,在轻轻地一挥之下,我和她的身边就像是被一种透明的水晶罩笼罩住了,她和我的样子变得微微模糊，我们说话的声音，旁边的人也听不到了。

"哎，你……你这是？你真的是学园长吗？"我惊奇地看着面前的超级大美女，实在太没办法相信自己的眼睛了！

龙学园的学园长难道不应该是一位资历很深的老者吗？就像刚刚大美女发出的那种苍老的声音。可是，站在我面前的，竟然是一位面容如此美丽，身材无比火辣，长裙拖地，长发垂顺到翩翩如仙女一般的女生呢！

"怎么，难道我不像吗？"学园长在我的面前抚弄一下她美丽的垂到腿弯的银发，"难道只有那种又老又丑的老头儿才能当龙学园的学园长？"

"我不是那个意思哎……"我连忙摆摆手，"我……我是看到学园长这么漂亮，有点太吃惊了。"

学园长听到我的话，有点得意地转过身来，朝着我微微一笑："嘴挺甜的嘛，知道逗人开心。不过，你怎么会看得到我？在龙学园里只有真正的女生和龙神召唤使……"

学园长突然像是发现什么似的，猛然朝我的面前走了两步。

她细长的金黄色的眼瞳，几乎要贴到我的脸上来。

吓得我立刻向后退了两步。

学园长的身上有淡淡的花香。可是她的气质袭人，金黄色的眼瞳更是有种让人无法违抗的力量。我被她这么逼住，一动不敢乱动。

她看了我足足有一分钟。

忽然向后微撤了一步，然后金黄色的眉宇拧结在一起，但，又慢慢放开。

"我知道了。"美丽的学园长慢慢地，一个字一个字地吐出来，"小家伙，你敢女、扮、男、装。"

啊？！

我倒抽一口冷气，吓得立刻就后退："我……我没有，学园长……"

学园长突然伸出纤细的手臂，一左一右就捏住我的脸！

"哼，小丫头，你还想在我的面前说谎话？！"极美的学园长掐住我肉肉的脸颊，"当年我在学园里女扮男的时候，你还抱着奶瓶喝奶呢！"

啊？！我被震惊得傻眼。"原来美女学园长也曾经在这里女扮男装？"

"那是当然，龙学园里这么多又帅气又英俊的男生，不偷偷潜进来和他们混混，岂不是太吃亏了？"美女学园长双手用力地揉我的脸蛋，"快说，你看上哪一个了？"

"我没有……"我连忙申明。

"又撒谎！"美女学园长双手用力，一下把我的脸蛋拉长，一会又挤扁，真是折磨得我死去活来的。

"饶了我吧，学园长，我以后再也不敢了……但，但别把我赶出学园去。"我连忙向学园长请求。

"谁说要把你赶出去？"美丽的学园长突然放开捏住我脸蛋的手，"有这么有趣的事情，我才不想放过呢！我决定了，你每隔一周到我这里来，向我汇报一下你的情况吧，看上哪个跟我说，我一定帮你马到功成！"

"哈？！"我捂着自己被揉红的脸蛋，脸上简直要挂上三行黑线了。

这到底真的是龙学园的学园长吗？长得这么漂亮，年纪那么轻，兴趣又那么特别，明明知道我是女扮男装，却还是要我留在学园里，还要帮我追男生！晕倒，她还没晕倒前，我就已经要晕倒了。

"苏秒！"忽然，我的身边传来洛文老师的声音，"你在干什么？你在和谁说话？"

洛文老师似乎有着很敏锐的感觉，他直对着我，表情无比的严厉。

美女学园长转过身去，对着洛文老师，突然就伸出舌头来，对他扮出一个鬼脸。

我差点扑哧一声笑出来。

美女学园长转过头来对我挥挥手:"好了,我们两个人的秘密也就说到这里了,你能看到我,但不允许你向别人提起我,在这所学园里除了真正的女生和龙神召唤使,所有的男生和老师都没有办法看到我的。在他们的眼里,我不会是莎拉,我是龙学园里严肃的托巴雷学园长。不过我老爸最近拉肚子,所以我来替他代班半年!"

哈?!原来莎拉学园长是在替班啊!难怪她要扮出那么低沉而苍老的声音来。

"好了,我们有机会下次再说。"莎拉学园长伸手一挥,那只一直罩在我们头上的水晶罩就无声无息地消失而去。

洛文老师还在旁边严厉地看着我:"苏秒,我在问你!"

"呃?我……我没和谁说话……我只是……我白梦好了。"我不知道找什么理由,只能胡乱搪塞。

洛文老师看到我搪塞的话,表情有些不满,想要再朝着我的方向走过来,莎拉学园长却再次以低沉苍老的学园长的声音开口了——

"波宝、洛文,你们两个人手下的学生灿和瑾,因为个人恩怨于三天前的午夜时,在绘心室的走廊上大战了一场。战斗很精彩,但是……"学园长的声音加重,"违反了龙学园里最严厉的第 23 条校规,校规里禁止学生在学园里私斗,动用自己的灵力武器,并且想置同学于死境。这在龙学园里,是绝对不允许,而且要被严厉处罚的事情!"

莎拉学园长低沉的声音,继续在房间的每一处回荡着,分不清是来自什么方向,内容却让我心惊肉跳。

她的意思,是要把灿和瑾严厉地处罚吗?要赶他们出学园吗?还是要惩罚他们?!

"波宝老师,"莎拉老师叫蓝精灵,"灿是你带的二年级学生,请你现在立刻卸掉他的红光战气剑,送他到惩戒室,鞭刑十二下,禁闭三天。"

哈?!我听到莎拉学园长的话吃惊得都快要叫起来了!

"学园长，不能这样！灿身上的鞭伤还没有好，怎么可以再对他鞭刑！"

我听班里的男生议论的时候曾经说过，惩戒室里的鞭子不是皮的，而是钢的！是很久之前的一任做了圣长老的学园长留下的，因为当年有个男生误杀了自己的同学，学园长为了给他最重的惩戒，才用了最重的钢鞭！那鞭子抽过来一下就会皮开肉绽，两下就会把你的皮肉打得脱离骨头！

十二下！

灿如果受上十二下，就算那天没有被瑾打死，这次也只能剩下小半条命了。

"不许插嘴！"莎拉学园长的表情变得有点凌厉，虽然是低沉的声音，金黄色的眼瞳里却是那么锋利的光芒，"至于瑾……洛文，你教的学生，太顽劣了。自从他入学以来，已经在学园里惹了不少事吧？"

洛文老师看着远处的瑾。

瑾听到学园长的话，没有任何的惧色，反而高高地昂起头，那双宝石蓝的眼瞳没有任何表情地凝视着前方的彩虹喷泉。他慢慢地抬起自己那只戴着雪色手套的手，闪烁着五彩斑斓光芒的水珠，就蹦跳在他的手掌上……

"洛文，他是你教出来的。现在，我要你拿回属于龙学园的蓝光光鞭，封掉瑾所拥有的灵力，送他……回风之国。"莎拉学园长慢慢地说。

"学园长！"洛文老师虽然看不到莎拉学园长，但是却朝着声音传来的地方大叫了一声。

"学园长，不能这样！"波宝老师也惊叫，"瑾虽然个性是强硬了一点，但他是风之国的王子殿下，风国王把他送到我们学园里，是对我们学园的无限信任啊！如果就这样把他的灵力封掉，送回风之国……"

灿看着对面的瑾，没有说话，却只浓眉紧锁。

瑾反而像是没事人似的，手里捧着那几滴彩虹色般的水珠，看着它

们在他掌心的手套上，慢慢浸湿。一片淡淡的，湿湿的，仿佛泪迹。

"你们知道瑾在私斗那晚用了什么武器吗？可以摄魂的魔音铃。"学园长说出这一句。

波宝老师和洛文老师都吃惊地瞪大眼睛，几乎同时把目光投向瑾的方向。

瑾收起自己微湿的手，把掌心轻轻地一合。他对所有人惊叹的目光视而不见，而是云淡风轻般地慢慢走过来："我是用了，那又怎么样？有人交给我，说只要我用了，就能达成我的愿望。所以我用了。有什么后果，我自己承担。"

瑾无所谓般地冷冷一笑，那双宝石蓝的眼瞳，淡淡地眯起。

"瑾！你明知道，那是学园里不能随便用的武器！"洛文老师惊讶道。

瑾却连看洛文老师一眼都不曾看，直接转身就朝着学园长的办公室外走去。

他真的要走了？瑾真的就要这样被赶出龙学园？虽然他真的很坏，又一直欺负我，想要抓走我，可是……可是他也是龙学园的一分子啊！他一直在这里学习，在这里拥有属于他自己的武器，提升了他的灵力，他有那么高的资质，他将来一定会是很厉害的圣长老或者圣骑士！但如果他被赶出龙学园回风之国去，那么不知道会有多少人嘲笑他，看不起他……

"学园长！"我有点惊慌地突然开口，"学园长，那天晚上的事，我也有责任！如果您一定要惩罚，就连我一起惩罚吧！但是，请你把瑾的那一份也分一半给我，请你，不要把瑾赶出校园！"

我的这句话一出口，所有人都惊呆了。

洛文、波宝老师，莎拉学园长，灿的目光全都落在我的身上。甚至连向前走了好远都快要离开办公大楼的瑾，也有些惊愕地转过头来。

"苏秒……"灿吃惊地张大嘴巴望着我。

"学园长，求你让瑾留下吧。我想他以后一定会改正自己的错误，不会再伤害同学，也不会再做那些坏事了！他一定会变成很好的学长，请你给他一次机会吧！"我用力地向学园长请求。

　　莎拉美女学园长用很不可思议的表情望着我。

　　瑾转过身，看着我恳求的模样，居然冷冷地哼了一声，直接甩过他如凤羽般的墨蓝色长发转身就走："哼，别摆出一副假惺惺的模样，我才不需要你们这种令人恶心的廉价的怜悯。"

　　他真的很无情。

　　无情地转身就走。

　　莎拉学园长看着瑾固执的背影，和我认真恳求的目光，突然爆发似的提高了那低沉而苍老的声音——

　　"好！既然有人求情，那我就再给你们一次机会！现在，龙学园里的哈雷之钻遗落在东羽森林，你们星盟和龙盟一向势不两立，那我就给你们星盟和龙盟同样的时间，谁能首先找回哈雷之钻，谁就是龙学园里最大的赢家！拿回哈雷之钻的那一方，不仅可以免除校规的所有惩罚，而且可以要求另一方所有人……全部离开龙学园！"

　　啊？！什么？！这样的条件！

Chapter 2 信

　　莎拉学园长要星盟和龙盟分别行动，谁能先拿到哈雷之钻谁就可以向对方提出很过分的要求？！就算是被退学也不能拒绝……

　　听到这些我的心里真是七上八下的好像吊了十五只水桶，不安感总是一点一点地弥散开来。

　　可是……

　　哈雷之钻？不知道神秘的精灵学园长让他们去找的这枚哈雷之钻，

又会不会和我手上要寻找的六颗琉之钻有什么关系呢？我还记得上午我在教室里打瞌睡的时候，还有人在我的耳边说过"你为什么看到了琉火之钻而不拿下来？"是谁呢？那颗琉火之钻，又在哪里呢？

我皱着眉头，穿过龙学园美丽的六色彩虹花园。

即使是到了这样的夜里，彩虹花园里盛开的花朵，依然绽放出沁人心脾的香。脚下的石板小路发出清脆的脚步声，有橙黄色的萤火虫从花叶间飞出来，振动着小小的翅膀，尾部的小灯笼在夜色中一闪一亮。好像天空中坠落的星子，斑斑点点，如落梦中。

忽然，扑啦啦——

一股被翅膀扇过的微风，夜色中飘落一根雪白的羽毛，柔柔袅袅，恍如雪花。一只白色的信鸽从我的面前飞掠过去，一直飞到前面一片郁郁的花丛，收翅降落。

哎，这是谁养的鸽子吗？在这个信息发达的时代，居然还会有人用信鸽这种古老的信使传递信件吗？

这个想法让我有点好奇，忍不住轻手轻脚地向着前面盛放的花丛悄悄走去。

落花满地。

粉色的花樱，绯色的玫瑰，淡黄的郁金香……大片大片的花瓣，铺成了一地柔软而芬芳的地毯。

纤长而美丽的少年，寂静地躺在那一地芬芳的花瓣上。柔软如丝缎一般的浅紫长发海藻一般地散开，精致到如瓷雕般的面孔，在深深的夜色中也散发出珍珠般的润白光华。他轻轻地闭着眼睛，淡淡的夜风穿过他浓密而微翘的长睫，有一朵丝绒般的樱从花树上悄悄地跌落，飘然纷飞到他红润的唇瓣上……绽开了一片绯然的樱红……

"信……"我怔怔地看着那躺在花瓣丛中的男生，没有想到居然会是信。

那个看起来永远纤细动人的少年，身上带着一抹淡然而柔软的药香，

他怎么会独自一个人躺在这里？

可是，真美呵。他在这样的夜色中，唯美得就像是一副画。白瓷一样动人的肌肤，纤细白玉一样的手指。星星点点的落樱和着明明灭灭的萤火虫，夜晚的天空中像是坠落了点点的星辰。有一只萤火虫不知什么时候悄然地立在他的指尖，尾翼上的光芒映照着他玉色的手指，一点一点，夜色中迷人地绽放……

信，真的好像梦中的人一样啊。这样的男生……

我站在那里，完全没有想要上前去打扰他的意思，像这样美丽的人，只是站在旁边静静地看着他，就心满意足了吧。

扑啦啦——

半空中忽然响起一阵翅膀扇动的声音。那只白色的信鸽飞过我的头顶，静悄悄地落在信的旁边。它在喉咙里"咕咕"地叫了两声，然后乖乖地站在他的身边，低头整理自己的羽毛。

信过了一会儿，才慢慢地张开眼睛。

信鸽像是懂事般地，低下头从自己的腿上叼下一只封好的小卷纸，递到信的手上。

信微微抬起手指，指尖的那只萤火虫悄悄地飞走。他接过那只卷好的小卷纸，慢慢地展开——

我看到他的表情。在夜色微弱的光影下。

他从看着纸上的字迹开始，那么淡然的表情，到眉宇微微地皱起，拧紧，然后再慢慢地放开，然后，捏起这只卷起的纸卷，伸手把纸卷撕得粉碎。白色的纸片落进他的掌心，他粉色的唇微微地轻启，吹出一口气，呼——

雪白的纸片像是粉樱里飘起的雪……

纷飞，在这微光寂静的夜。

纸片落在我的脚下。

信，似乎是看到了站在小路边的我。他从花丛里慢慢坐起身来，水

一样浅紫色的发散到他的背后。

没有说什么，只是对着我微微地笑了笑，然后，转身离开。

"信……"我看着他的背影，有一点奇怪。

低头看到自己脚下碎掉的纸片，其中有一片上是清楚的字迹：

信，过得还好吗？等你回来，我们再一起爬雪山！你最好的朋友，阿米森。

"啊……是最好的朋友吗？"我握着这已经被撕碎的碎片，有点不太能相信似的看着信的背影。

信为什么会把最好的朋友寄来的信都给撕掉了呢？为什么在他看到这些字的时候，眉宇是皱起来的呢？信平时里总是一个那么温暖和平静的人，对待陌生人也会浅浅地微笑，从来不会有着那样的表情。可是，信看到最好朋友的信，却这么无情地撕碎了……这到底，是怎么回事？

夜色中，信却已经走远了。

我看着散落一地的碎纸片，微微地咬了咬自己的嘴唇。

第二日。

我打着呵欠走进教室里。

自从来了这龙学园，和一大帮男生混在一起，我已经不修边幅到了极点。外套半挂在肩膀上，领带扎得歪歪斜斜的，刷牙只用牙刷擦几下，连脸都像小猫咪一样冷水泼两下，更别说保养品化妆品了，哎，实在是太懒了！我现在才知道男生们怎么个个都那么邋遢，因为相比早晨女生们的那一通忙碌，把珍贵的时间用来睡回笼觉实在太舒服了！

"喂喂喂，苏秒！"我才走进教室，同班的一个男生立刻凑过来，啪的一声就把手臂搭在我的肩上，"恭喜你哦。"

"哎？"我歪着头看他，"什么事？"

这些死男生就是那么没轻没重的，整天随便勾肩搭背，难道我看起来就真的那么像男生吗？

"我们要严重恭喜你啊，苏秒。"又一个家伙凑过来，"恭喜你被

龙盟选中成为光荣的一名替补，将要立刻前往东羽森林英勇送死。"

哎？！

我吃惊地瞪大眼睛。龙盟……选中我做替补？！

"难道你不知道吗？"另一个男生大笑，"龙盟的老大泷又被联盟长老调走了，所以龙盟对星盟只剩下2∶3，所以特别调你这个替补喽！不过，东羽森林可是很恐怖的地方，就算跟着龙盟里的两大高手，像你这种小菜鸡，估计也没什么活着回来的可能。"

"对啦，苏秒，你以后要变成天使了，可要记得回来看我们哦，我还有两个心愿要上帝帮我完成呢。哈哈哈！"

这一群男生笑得没心没肺的，讨厌死了。

可是，难怪昨天我回109宿舍，泷又不在房间里，原来他是被联盟里的长老调走了，他真的是龙盟里最厉害的一个，虽然害得我很担心怎么和他共处一室。但是，这一大早竟然是这么吃惊的消息？我……龙盟里的替补竟然选了我？去东羽森林？我……我真的不会给龙盟抹黑吗？东羽森林，真的那么恐怖吗？

"Hi！一年级B班苏秒！"忽然之间，隔着教室的窗户，就传来了灿大声的呼叫。

我和班里的一群男生都急忙围到了玻璃窗前。

三楼下面的大草坪上，灿和信正站在楼下；而远处，波宝老师、洛文老师，还有星盟的瑾、月、凉都站在那里。

"小乌龟！"灿一看到我露出脸来，就超热情地挥手，"快下来，龙盟的小替补！我们要出发去东羽森林了！"

这家伙又叫我小乌龟……不过……

"我……真的要我去？"我吃惊地瞪圆眼睛。

"当然！"灿站在下面，一点都没有害怕的样子，反而很兴高采烈地插着腰，"怎么，你害怕了，小乌龟？"

"谁害怕了！"我是最不经人刺激的那种，立刻就大声叫，"我才不怕呢，你等我，我这就下去！"

灿站在楼下，灿烂无比地笑了。

"不用怕，小乌龟，我会保护你的！"他忽然就这么超大声地喊出来。

班里所有的男生几乎在听到这一句话之后，同时发出"哦——"的一声惊呼。

我突然间就被"哦"得满脸通红，伸手拍开他们："哦什么哦，你们，快让开！"

"哦——"

这群死男生，哦得更大声了。

我不理他们，咚咚咚地跑下楼去。

红头发的灿和信正站在楼梯门口等着我。

灿一看到我咚咚地跑下来，就热烈无比地说："快走，小乌龟，我们去把星盟杀个片甲不留！哈雷之钻一定是属于我们的！"

咦，这个家伙，好像和瑾打了一架之后，突然信心暴增了嘛。

信站在旁边，柔顺的浅紫色长发，丝缎一样地披在肩后。他看着我，脸上没有昨天晚上那种淡淡的忧郁，而是恢复了平常那种温暖如玉般的感觉，他轻轻地对我笑笑，声音动人："加油，苏秒。"

呃……

我看着信，看着微风抚动他浅紫色的长发，他右眼角下那一粒淡淡的泪痣在发丝间若隐若现，不知道为什么就会突然让我想起那被撕碎的纸片上，"你最好的朋友阿米森"的字样。我看着好像没有发生任何事的信，有些话想要说出口，但又还是悄悄地咽了下去。

"龙盟的人，你们过来！"洛文老师在那边大声地叫起来，"东羽森林的地图，还有准备事项，我要向你们交待清楚！另外，求救信号弹，如果谁坚持不住了，就拉动这个，会有老师把你们救回来。但，只要有一个人放弃，整个龙盟或星盟，三个人都将会接受最严厉的惩罚。"

啊……这场，严厉的，三位一体的比赛！

Chapter 3 东羽森林

东羽森林居然是白色的。

一片，一片映入眼帘的，都是雪白雪白的森林。成行的树枝、树叶、树干，全都是雪白雪白的，甚至连地面上的草地、盛开的花朵，都是雪白色的。

换句话来说，整个东羽森林几乎是用白雪做成的，但没有雪花那么脆弱，也没有那么容易融化就是了。

"哎……好白啊……全部都是……"我有些吃惊地望着整片森林。

"不只是森林。"忽然有人在我的耳边温柔地说，"东羽森林有个奇怪的界，凡是进入这个世界的东西，全部都会变成白色的。例如……"

信站在我的旁边，把他自己的一只手臂向东羽森林里伸过去。

神奇！他的墨蓝色的校服袖子，忽然就有一半褪了色！变成了完全白色的袖管！

"啊，真的呢。"我吃惊地瞪大眼睛，"原来还有这么神奇的地方？"

"东羽森林里有一种看不见的力量，正是这种力量掌控着整片森林，所有进入森林的人或动物，都不会死去，但会变得非常低沉和悲伤，在这里没有任何色彩，没有任何希望，留在这里只能看到一片灰蒙蒙的颜色，和夜里一阵阵孤寂的哭声。所以东羽森林又会被叫做——哭泣森林。"

信的声音温温的，但是有一种很奇特的力量。那种让人不由自主就会相信他的力量。

"那是真的有人在森林里哭吗？"我再问信。

信却温温地笑了一笑，细细的眉宇间有一种说不出的味道。但是，他没有回答我，却慢慢地走开了。

我看着他的背影，有一点发怔。这就是信身上的另一面，虽然让人

不由自主地相信他，想要靠近他，但是却在别人向他贴近的时候，他又悄悄地飘远了。仿佛，他的心是关着的，你只能看到他的笑容，却敲不开他的心门。

"信……"我打算叫他一声。

"哇，可爱的小兔子！"忽然之间，不知道什么时候有个人影猛然从我的身后跳了出来，然后照着我的短发就伸出爪子来一通乱揉，揉得我那叫一个风中凌乱，满头乱发！

"喂！"我有点生气地叫，这是谁啊！

猛然抬头，却看到脸孔圆圆，下巴却尖尖，有着很圆的杏仁般的眼睛，长相无比俊秀中带着一点甜美的男生！他一头墨绿色的短发很有精神地在风中飞扬，发梢微动，露出一对耳垂上那一双墨绿如泪滴一样的绿宝石耳钉。在发现我怔怔地盯着他的时候，他对着我歪着头微笑，脸颊边浮出两枚非常可爱的酒窝，笑得甜腻死了！

"凉？"我吃惊地瞪大眼睛，依稀还记得在格里斯桥边见过的这个长相可爱的男生。

"哇，你还记得我呀！真是太可爱了，我好喜欢你哦！波比兔子。"

"哈？"我对他的称呼莫名其妙的，"你是……在叫我？"

"对呀，你比我的波比兔还要可爱，所以我打算把我最喜欢的波比名字送给你了。你要乖哦，波比兔。"凉伸手揉着我的短发。

我喷血！

对这个男生我真是完全没想法了，忍不住翻着白眼挥开他的手："麻烦你搞搞清楚，我是人不是兔子，请不要把你的兔子名赐与我……"

"为什么不要啊？"凉笑眯眯地看着我，"你真的很可爱，我越看你越喜欢，真的想把你收集回我家，跟我的小兔子们一起关在笼子里……"

哇，那不是觉得我可爱，那是"关人癖"吧！说得我突然毛骨悚然的。

"总之，我就是好喜欢你。呐，跟我回家吧，好不好？"凉突然上

前一步，伸手来抓我的手了。吓得我立刻往后一退。

"喂，凉，"凉的身后突然又传来别人的声音，"你把档次提高一点不行吗？这种脸孔也值得收藏？你喜欢可爱的，明天我带两个女生来龙学园，保证你见了大叫可爱！撒娇这种事，还是要真正的女人来。"

啊，这个声音，我知道是谁了。

一头柔软的金发，微开着一点点衬衫领子的月，从凉的身后走出来。远处有几个女生抱成一团高喊："月，加油！你一定是最棒的！"月似乎对这些女生毫不为意，但是他姿态优雅地转身对她们挥挥手，脸上带着一抹倾国倾城般的笑容，眉角微挑，一个动人的眼神就把那一堆女生迷到七荤八素。

月得意地转回身来，用他纤白的手指撩动他如金色瀑布般的长发，发丝水一样地滑落到他颈上的白色围巾上，那种……说不出的动人风情。

凉转身看了月一眼："你的那些猎物，我一个也不喜欢。"

"为什么？"月看一眼凉，却又若有深意地瞟我一眼，"难道你的兴趣是这种没发育完全的小男生吗？没脸、没胸、没屁股，身材平得像洗衣板，拿回家就算想抱着睡个午觉都会硌到肉疼，有什么好喜欢的。"

哎……这个月！这个长得无比漂亮到让女生都自卑的月！他……他也太自负自大了吧！居然……居然这么说我？！没脸、没胸、没屁股！谁说我没有的！我……我我我只是要扮男生，能把胸和屁股露出来吗？再说，人家脸也不是很难看吧，凉都在说我可爱了……更重要的是，月居然说什么……抱着我睡觉都会硌……抱……抱……谁要他抱！

我生气地鼓起脸颊，却不知道为什么又被月这个家伙的话弄得脸孔火烫："谁才要跟你一起午睡……"

花花公子月，太过分了！

月眯着他那双粟色的瞳，看着我生气的样子，竟不知道为什么，突然悄悄地笑了。

凉反而在旁边大笑道："哈哈，小兔子，你生气的样子更可爱！我

最喜欢这么可爱的小朋友了！"随即扑上来揉——狂揉我的头发。

"哎，我才不叫兔子！不要揉我的头发！再揉我要抓狂啦！"我生气地大叫。

凉却不管我，把我揉成一团。远处洛文老师却大声叫道："别再闹了！这里是东羽森林的地图，你们没有放弃的机会。只要任何一个人退出，那就全员失败。"

太……严厉了。

洛文老师身前的灿和瑾分别接过了洛文老师手中的地图，那张地图几乎是纯白色的，当然也不会标明哈雷之钻所在的地方，但，从那张特别到没有任何一个地名的地图上看来，就会知道东羽森林里，会有着什么样的严酷考验等待着我们。

瑾用眼角微微地扫了一下我，对着灿冷笑道："这一次，你不会再有机会了。等着被赶出龙学园吧。"

灿发现瑾的目光，他转过身来看了我一眼，却回敬瑾道："是吗？可是我却不那么觉得。别以为泷不在，小乌龟来替补，我们就一定会输。也许你们认为最弱的那一个，反而会给你们致命的一击！"

"哼！"瑾冷笑出声，"就凭那个无能的新生？！我告诉你，如果这一次，你们能先拿到哈雷之钻，那我会带着星盟的人全部无条件地离开龙学园！而且，我会把我的左手切下来，给你留作纪念！"

啊？！瑾的左手？！他一直戴着手套的那只手？！输了的话，就要切下来？！这个赌注太重了！

灿却看着瑾，琥珀色的眼瞳里绽放出战斗的光！

"一言为定！"

灿对着瑾伸出自己的拳头。

瑾低头看一眼灿，很不屑地伸出自己那只戴着雪色手套的手，对着灿的拳头轻轻一击。

难道他们这真的是……订了生死盟约了？！

"好了，你们两方现在开始，各由东西两个入口，进入东羽森林吧！"洛文老师大叫了一声，"苏秒！"

"有！"我被突然点名，连忙答应一声。

"好好地跟着灿和信，如果万一坚持不住了……"洛文老师向我递过一只浅灰色的像小型手电筒一样的东西，"可以拉响信号弹。"

信号弹？

"信号弹要响了，那灿和信不是都要退出了？"我问洛文老师。

洛文老师点了点头。

"那我不会拉的。"我立刻坚决地回答，然后把信号弹塞回给洛文老师，"我一定会坚持下去的，无论发生任何事情，我都不会拖累我的队友。"

洛文老师有些惊奇地看着我，虽然没有再说什么，但他还是把信号弹又塞回给我，意味深长地拍了拍我的肩。

"小乌龟，我们走了！"灿在那边对着我大叫了一声。

"来了！"

我来不及向洛文老师告别，就立刻向着灿的方向跑过去。

一片雪白的东羽森林面前。

我和灿、信组成的"龙盟"从森林东入口进入；而瑾、月和凉组成的"星盟"，从森林的西入口进入。前面等待着我们的，是一片未知的世界，以及那枚不知道被埋没在哪里的"哈雷之钻"。

如果不能首先找到那枚钻石，等待着我们的，将是严厉的惩罚，和离开龙学园。

我要，加油了！

我默默地握紧自己的拳头，跟在灿和信的身后，走进东羽森林。

一进入信刚刚所说的那个"界"，我们身上的所有布料的颜色就立刻褪去了，除了头发、皮肤、指甲、眼睛，我们身上的一切一切都变成了雪白的。甚至连我今天早上穿上的"好运小红袜"都立刻变成了一片雪白。

树是白的，叶是白的，草是白的，连盛开的一朵朵的野花，都是雪白雪白的。

空气中，有一股浓重而忧伤的腐败气味扑面而来。

"呜呜呜……"

正当我们走了还没有几步，忽然不知道从哪里传来一阵阵悲切的哭泣声……

"是谁在哭？"我惊异地问出声。

Chapter 4 吸血迷蝶

"有人在哭……东羽森林里有人在哭……"我听到低沉而呜咽的哭泣声，那么悲切和伤心。

走在我前面的灿转过头来，对着我灿烂地笑一笑："你害怕了？"

"我才没有呢！"我立刻回答，"不要总是觉得我很胆小好不好，难道你也像星盟的一样喜欢嘲笑我。"

灿看着我笑了起来，鼻翼上的钻石钉闪烁着明亮的光芒："你不胆小就最好了！我可没有精力再去保护一个胆小鬼。但是，小乌龟你放心，我们有信在这里呢，信是操控心灵术的高手，无论什么样的人和东西落在他的手上，都只剩下乖乖听他话的结果，所以我们根本不用动用武力，只要让信对他们用心灵术一箭穿心就好了！"

哎？操控心灵术的……高手？

我有些奇怪地朝信看过去。

信走在我们的身侧，面色非常平静而详和，一头柔软的浅紫色的发，静静地披在他的身后。他浅紫色的眼瞳一直静静地望着前方，仿佛他整个人、整颗心都如一片平静的湖水，荡不起一丝波纹。微风抚动他额际

散落的发丝，扫动他右眼角下那粒浅灰色的泪痣，他掌心里执着一串透明晶莹到极致的琉璃宝珠，而珠串之下，一条暗紫色的珠穗随风飘扬。

信，安静而恬淡。那种面容令他仿佛已经是修仙得道的仙人，几欲要乘风飘然而去……

"信……"我忍不住又想问他。

"不要听这里的哭声。"信似乎很容易就看穿了我的想法，"东羽森林里本来就关住了太多抱怨的灵魂，他们或冤死、或不平、或悲伤、或缠绵，他们聚集在这里哭泣、呼喊、悲鸣，并且想要找到更多可以拯救他们、代替他们的灵魂。所以在东羽森林里，不要听任何声音，哭泣、报怨、甚至是呼喊你的名字。如果你理会了，他们就会趁机吸入你的心智，占领你的身体，把你变成东羽里的怨魂，而自己用你的肉身离去。"

啊！这么毛骨悚然的事情！在信的口中却是娓娓道来，波澜不惊。

我听的时候觉得有一点害怕，但是一看到灿在旁边灿烂的笑脸，信脸上那不动声色的表情，又觉得自己表现出害怕来似乎是太逊了一点。

"嗯，我知道了，我不会理会的。"我连忙点了点头。

"那走吧。"灿站在我面前，走了两步又促狭地转过头来，"不过，如果你真的很害怕的话，我允许你可以在后面扯着我的衣服当我的小尾巴。"

"谁要当你的小尾巴！"我立刻惊呼回去。

这个可恶的灿，他又在捉弄我了！气得我立刻甩开他们两个，大步向前。

"喂，小乌龟别跑那么快，你不想当我的小尾巴，也别当开路小马啊！快回来！"灿在后面哈哈大笑。

这个家伙，太可恶了！

信和灿在我的身后，而我已经一路小跑地向着东羽森林的深处跑去。

满地雪白的草，踩上去都会发出咯吱咯吱的响声，仿佛真的踩到了雪地上一样。白色的树叶在枝头叮叮当当地响，偶尔有一两片从树上掉落下来，摔在地上就如雪一般地碎裂。

这种感觉真的很奇怪，不冷，却满眼都是大片大片的白。

"呜呜呜……"忽然之间，哭声又从我的左侧传来。

我的脚步微停了一下。

可是我想起灿和信的话，连忙屏息凝气，准备不要理那个哭声。

"呜呜呜……不要走啊……我好辛苦，我好寂寞……救救我啊……"那个哭声哭得越发凄惨了。

我眨眨眼睛，想起信说的，绝对不要理它们，它们都是一种怨魂，如果真的理了，它们就会朝着我扑过来了！

我急忙再往前走。

"救救我，我真的好疼……"哭声加大，而且越来越凄凄惨惨的。

我……我都觉得那哭声好可怜了……疼？它受了什么罪？什么样的折磨？被关在这东羽森林里……

我忍不住朝着那哭声传过来的地方望过去。

忽然，在那一片雪白的林子里，竟然慢慢、慢慢地飞出一只灰白羽翼的蝴蝶！

好特别的蝶，从头到脚都是灰白色的，连它的触角、它的脚都是灰白的。它飞过来的样子很不平稳，歪歪扭扭的样子似乎随时都会跌落一样。翅膀在空中无力地扇动，摇摇欲坠。

我看着它，忍不住就伸出手去，让它落在我的掌心。

"呜呜呜……好心人，谢谢你。"忽然，从蝴蝶的身上发出了低低的悲鸣声。

啊，原来是蝴蝶在哭？

我惊讶地瞪大眼睛："那个求救的，是你吗？是你在哭？"

蝴蝶会是怨魂吗？信还说一定不要理它们，可是这小小的蝴蝶，也会伤害我吗？

掌心里的蝴蝶似乎轻轻地点了一下头，灰白色的长触角慢慢地摇动：

"是我在哭……我已经被囚禁在这里三十年了,三十年都好寂寞,好孤独。我不想死在这里,所以好心人……你替我死吧!"

忽然之间,我掌心里的蝴蝶好像突然从它的嘴巴里伸出了一枝长长的针,噗的一下就刺进了我的掌心里!

"啊!"我疼得大叫一声。

几乎就在一转眼间,蝴蝶就吸进了我的血,神奇的事情马上就发生了,我的血液充进了蝴蝶的体内,蝴蝶那灰白色的身体、触角、翅膀,立刻都开始变化,颜色再不是灰白,而是像被红色的墨汁铺染了一般,渐渐地变成粉红色、大红色、紫红色!那脆弱的蝶翼因为吸了我的血,立刻就变得坚挺,而大片大片的红从蝶翼上扑散开来,我脚下的草、我身边的树、树枝上的叶都开始被晕染开来!

红色……红色……一片一片的粉红,一片一片的血红!

而我的手心,痛!剧痛!血液在被不停地吸干的感觉!整个身体的生命都在被吸走的感觉!

"不!不要!"我顿时觉得自己的身体在摇晃了,"走开!快走开,不要吸我的血!灿!信!"

我拼命地甩自己的手掌,可是那蝴蝶就像是牢牢粘在我的手上一样,怎么也不肯离开!而跟在我身后的灿和信,因为突然看到整片树林都像是喝饱了血液一样舒展变红,而大吃一惊!

"小乌龟!"灿大叫着,一下子就朝着我扑过来。

信的表情更是惊愕,就在我摇摇晃晃要一头栽倒下去的时候,信一把抱住我。然后他准确地掐住我的手掌,向上一翻!

"血蝴蝶!它不吸干苏秒的血是不会罢休的!"信捧住我的手掌,惊叫道。

灿一看到我掌心的血蝴蝶,琥珀色的眼瞳都瞪圆:"信,你扶好他,让我来!"

他一下子就抽出了身上的红光战气剑,凝神屏息,一剑就朝着我的

手掌狠狠地劈过来！

"啊！"我半躺在地上，却还是惊得要叫出声来。

灿的红光战气剑是那么厉害，就这样劈下来，一定要把我和信的手都斩成两段了！

可是！可是灿的红光战气剑，却像是生出了神奇的魔法一般，带着一抹耀眼夺目的光芒，朝着我掌心里的吸血蝴蝶生生地就劈下来！红光如刃，一剑就劈开血蝴蝶的一对翅膀，一瞬就斩开血蝴蝶的身体！但，那剑刃却擦着我的手掌仅仅有0.01公分的地方，滑过！

噗——

我没有受伤，但被血蝴蝶吸去的血，却喷散开来！

这血腥一散开的时刻，没想到却引来了更大的麻烦。从变红的东羽森林的深处，开始扑来了更多更大片的灰白蝴蝶！它们呼扇着翅膀朝着我们不停地飞过来，带着孩子般哭泣的声音，朝着那溅出来的血滴，呼啦啦地飞过去！然后拼命地吸血，让它们的翅膀开始变红，变色！

"不好，我们要离开这里！"信扶住我，突然说了一声。

灿拿着自己的红光战气剑，生气地大吼："这都是什么东西！铺天盖地的！"

"是吸血迷蝶，它们的体内存住的都是一个怨死的灵魂，只有吸食活人的血，并从血液中获得能量，才能挣脱蝴蝶的身体，再一次扑向人间！所以它们会不计一切代价地吸食人血，只要你曾经应答它，它就可以把吸血针注进你的体内！"

"哇噻，这么带劲！"灿伸出红光战气剑，哗地朝着那些吸血蝶上就是重重一砍！"不过，我是不会怕它们的！"

唰——灿的红光战气剑像是一道燃烧的火焰，一剑就砍死无数只蝶！

吱吱吱——又一些蝶朝着我们的方向飞过来。

灿立刻挥剑，剑光在我们的四周划出一道红色的火焰圈，几乎靠近

圈子的所有吸血蝶都被燃烧殆尽!

"哈哈!"灿回过身来对着我们得意地笑,"我都说了,不用怕它们!只要有我在,保证你们全部安全!

可是——可是!

我吃惊地瞪圆眼睛,伸长了手臂指着灿的身后。"灿,你背后……你背后……"

"怎么了?我的身后怎么了?"灿奇怪地转身。

才一转身,连他也吃惊地呆住了!

漫天遍野的吸血迷蝶!全部灰白色的蝶,黑压压的就像是一座山似的向我们扑过来!它们的翅膀连成一片,挡住了天空中的阳光,也挡住了远处的雪白树林。那些吸血蝶像是疯了一样成山成海地向着我们涌过来,就算是其中有的撞在雪树上也再所不惜。它们黑压压地飞过来,那样的气势仿佛只要是扑在我们三个人身上,就会瞬间把我们三个人的血都吸光!

"哇……"灿望着那成山成海一样的吸血蝶,惊得眼睛也瞪直了,"这是一个打不过,成群结队地来群殴我们了?!"

他的话音未落,就有最先锋的一只蝶,朝着灿狠狠地袭了过来!

"吱——吱吱——"那只吸血蝶发出尖厉的哭叫声,凄厉得让人心头都刺痛!但是它却在低飞中亮出它的尾针,朝着灿的脸上就深深地刺过来!

灿连忙侧身闪躲!一边躲开,一边挥剑!

唰唰!剑光闪过,吸血蝶噗的一下被斩成两半,落在地上!但是这一只被斩掉,更多的蝶已经瞬间扑到了我们的面前!只需要一个时机,它们就会像汹涌澎湃的海浪一样,瞬间把我们全部吸光血液,变成人干!

"灿!"我惊叫一声。

"闪开!"一直扶着我的信,却忽然立起身来,面色凝重地叫了一声。

灿和信似乎是很有默契的,在信叫出这一声的时候,灿一收手中的

剑，向旁边侧身；刹那间，信低念了一句，轻捻手中晶莹透亮的珠子，那一串像是佛珠但又不是佛珠的水晶珠立刻就绽出灿烂无比的光芒！

"天兵水列阵——恶灵符——退散！"信执手中的水晶珠子，似乎是在空中划出几道金色的符咒，然后突然朝着那些吸血蝶扑过来的方向猛然一推！

空中，像是突然爆开一道强烈而巨大的浅紫金色冲击波！

整个光波向着那些飞扑过来的吸血迷蝶剧烈地冲了过去，就当吸血迷蝶向着我们狠狠地扑过来的这一刻，全部撞在波网上，撞到四分五裂！

"好厉害……"我简直有些目瞪口呆。

信的符咒似乎比灿他们用刀剑的更强大上许多，那种咒语的冲击力，可以瞬间撕破所有的吸血蝶！

吸血蝶纷纷从半空中落下来。

信收起自己的水晶珠，转过身来对我说："我们要快点离开这里！更多的怨魂会闻着你的气味，扑过来的！"

果然，信的话还没有说完，已经从密林深处，有更多的吸血迷蝶的声音，吱吱地响了起来。

灿立刻挥剑迎击！

"你们快走！"灿大叫，"我来断后！"

"好！"信立刻就抓住我的手腕，猛然往前。

"可是……灿……"我回过头，看到灿和那些吸血蝶奋力搏斗。

信却抓住我的手，奋力狂奔！

"等一下，信！灿还在那里！信！"我被信拖着往前跑去，一边跑一边回头看着灿。

还好，灿也跟着我们一边战斗，一边往前跑，终于当我被信拖着跑到一丛很矮的树丛之后，信抓住我的胳膊，一下子就把我推进了矮树丛！

"快点进去！这里的桂花香气可以遮盖你身上的血腥味道，那些吸血蝶就不会再追过来了！"

我被信一步就推进了树丛。

"可是，信……灿还……啊！"我还在担心灿没有跟上来，但是才一脚踏进了那个树丛，就觉得自己的脚下一软，仿佛是突然滑进了一个巨大的深坑，整个人猛地一下子就重重地跌了下去！

Chapter 5 以血祭旗

我一下子就觉得脚下很软，整个人哧溜一下就滑到了下面的一个深坑里。

四周荡起一阵烟尘。

这是什么地方？难道我又不小心掉到什么坑里了？但烟尘散开，我才发现我的身边一周竟然都是矮矮的树丛，只有左手边一个出口，好像我被包围在了里面一样。

"这是什么地方？"我抬起手来，想要往左侧走一步。

"别动！"忽然之间，隔着低矮的树丛传来一道高昂的叫喊声。

我被吓了一大跳。

抬起头来，竟然发现隔着一条长长——低矮间的树丛走廊，我看到了星盟的瑾、月和凉！他们三个人，就在我的对面！虽然相隔着很远很远，但是我已经能清楚地看到他们了。

刚刚那一声，是谁喊的？

"别乱动，小兔子！你乱动可是很危险的呐！"隔着树丛，凉很甜美的声音传过来。

危……险？

"凉，你何必提醒他呢？像他这么笨的人，怎么也不会发现我们现在是在斗命棋的棋盘里，只要随便走错一步，等待着他的，就是——喀——嚓。"月做出一个手起刀落的姿势。旁边的矮树丛立刻沙沙作响，

白色的叶子掉了一地。

斗命棋的棋盘？！那是什么东西？

我有点吃惊地瞪圆自己的眼睛。

这时候，灿和信也突然从我的上方滑落下来，落在我的身边。灿还一手甩开一只想要吸他血的吸血迷蝶，一剑把它们斩成两段！

"小乌龟，你还好吧？"灿大声地问道。

我连忙点点头："我还好。可是……"

信的脸色，从落到我身边的这一刻起，已经变得非常凝重。他一头浅紫色的长发静静地披着，手中的水晶珠串轻轻地碰撞着，那种叮叮当当的声音，在这一片静谧的矮树丛中，一片撞痛心尖的感觉。

"信，他们说，这是斗命棋的棋盘……"

"是的。"信立刻轻声地应我，"这就是斗命棋的棋盘，棋盘共分三十二格，每一格里都有不同的命运符号和随机机会，走到哪里都要听从命运的安排。如果一旦掉进死亡陷阱，那也只能去面对死亡。斗命棋分东西两家，谁先走到棋盘的正中央，谁就赢。输的那一方……"信的声音停下。

"输的会怎么样？"我眨着眼睛问信。

"以血祭棋。"信平静地吐出这几个字。

啊——我却倒吸一口冷气。

我明白了，这种斗命棋就是类似我们平时玩的大富翁命运棋之类的机会棋，但是这种棋可不是买地致富找机会，这真的是斗命棋，完全是拿自己的性命在和对方比赛，如果真的输了，那就只能用自己的鲜血……那就真的……真的再也没有机会走出这道棋盘了！

"喂，龙盟的，你们怕了吗？"隔着矮树丛，忽然传来瑾冰冷的声音，"如果怕了，我可以直接给你们一刀，让你们死个痛快！"

"哼，你才怕了吧！"灿立刻毫不犹豫地回应过去，"怕我们赢了这一战，你将要死在斗命棋的战刀下！"

"别说大话了，我会等着看你用你的血，祭奠这不死的战棋！"瑾眯起他宝石蓝色的眼瞳，似乎非常冰冷透骨地说出这一段话，"来吧！"

"来，谁会怕谁！"灿立刻挥动红光战气剑，丝毫不惧怕瑾！

可是，我却皱起眉头来。

瑾现在的表情是那么凌厉而无情，可是刚刚就在我差一点不守战棋的规则，移动出去的时候，又是谁大叫了那一声，制止了我呢？那不是月喜爱调侃人的调调，也不是凉小正太一样的声音，难道会是……

正在这时，就在整个斗命棋的棋盘中央，响起了一阵铁链移动的声音。一枚像是时钟表盘一样的东西从地下升起，一枚长长的紫红色的指针横在那白色的表盘上。就在灿和瑾同时说出"开始"的时候，那枚长指针开始飞速地旋转起来！

旋转！短针忽然指向了星盟的凉，然后有个苍老的声音在地下闷闷地说："Go three。"

凉看了一下，往前走了三个格子。格子里写了一个"snok"的字样，当凉刚走到那个格子的时候，从格子的下方忽然跳出一条全身布满青色花纹的超大的蟒蛇来！那大蟒蛇一跃出格子，就立刻挺直起前半身，对着凉张开自己的血盆大口，狠狠地吐出长长的信子，阴森而骇人的白色毒牙在阳光下亮闪闪地暴出吓人的寒光。只要凉再敢轻轻地一动，那巨大的蟒蛇就会一口咬断他的脖子！

"啊！凉！"我隔着很远，但是却吃惊地叫了一声。

"别出声。"一头淡紫长发的信，轻轻地在我的身边开口，"凉不会有事的。"

他的话音刚落。

站在那条巨大骇人的蟒蛇旁边的凉，忽然微微地抬起了自己的右手。他把自己的右手扮成了一只小小的蛇头的样子，用手臂做了蛇的身子。他迎着那条凶恶的大蟒，墨绿色的眼瞳里像是绽出特别的光芒，毫无任何惧色地轻轻开口——

"啊嘶——嘶嘶咻——"凉的嘴里，竟然令人吃惊地发出了类似于蛇的声音。

那条巨大的蟒蛇，在听到凉的声音之后，出奇地安静下来。它不再对着凉危险地张大嘴巴露出毒牙，而是微微地收拢自己攻击的模样，收回血红的信子。当凉用自己的手掌向它微微低头的时候，那条巨大的蟒蛇也对着凉轻轻地低下头来。

"哎呀，凉竟然会和那条蛇对话？"我吃惊地瞪圆眼睛。

"凉有和动物沟通的异能。"信在我的身边慢慢地说，"没有任何一种兽类的语言，他会听不懂。所有的动物遇到他，都只剩下臣服的份。"

果然如信所说的，那条蛇的头越来越低，最后在凉的面前，竟然整个身子都伏到了地上去，在凉的脚下，臣服地趴下。

凉抬起头来。

长相无比甜美的男孩子，一双晶亮如星子般的墨绿双瞳，以及那一对在他双耳边熠熠生辉的泪滴状的墨绿耳钉，都在细碎的阳光下折射出无比灿烂的光芒。

"Game go on。"

游戏苍老的声音，再一次继续。

这时那白色的大表盘上的短指针用飞快的速度移动，然后瞬时朝着我们的方向转了过来。接着短针一下子就指向了灿的方向，然后一声苍老的声音："Six go！"

灿怔了一下，但还是随着游戏安排的声音向前走过去。

我和信都站在这边，踮起了脚尖朝灿的方向眺望着。前面第六个格子上写的是什么呢？凉遇到的危险是蛇，那么灿又会遇到什么呢？

灿慢慢地走到第六个格子里，第六个格子下方忽然传出一句苍老的声音："请选择对方玩家中的一人，以朱红石为目标，在三十秒之内一箭穿心！"

声音一落，在巨大的棋盘中央，就缓缓地升起了一枚像红枣一样大小的红宝石，距离灿和瑾他们都非常遥远，站在我们的位置朝着那边望过去，红宝石小得就像一片花瓣一样。但是游戏却要求灿和对方玩家在三十秒之内射穿这片红宝石？

灿有些犹豫，他转过头来看我和信。

但是，在瑾的那一方，月已经一步上前，伸手拿起斗命棋授予的金色之箭，几乎瞄也不瞄，抬手便射！

咻——

金色的羽箭箭尾，拉着尖锐的嚣声，划破冰冷凝滞的空气，一道长长的金色弧线朝着红宝石就飞驰而去！

啪！

准确无比的金箭一箭就射穿红宝石的石心！整片红宝石被猛地射裂，四散分离！血红的宝石碎片飞散到空中，散成细碎的金色光芒，消失不见。

灿生气地大叫了起来："喂，月，我还没有准备好，你就抢先！太过分了！"

月站在棋盘的另一侧，有些得意地微微抬抬脸："你速度那么慢，怪得了谁？但是一箭穿心这种事，你还想和我一较高下吗？"

月的战斗武器就是一把金箭弓，在他的面前，一箭穿心这种事，自然是不可能赢得了他的。

灿有些气愤，月却站在那里，得意而轻蔑地笑了笑。他金色的长发在风中微微地飞扬，颈上雪白围巾的流苏，轻轻地荡漾。

"玩家A请退回原地，玩家B请前进十格。"游戏的声音又响了起来。

灿无奈地退回来，回到我和信的身边，还气鼓鼓地嘟着嘴。

"灿，不要这样了，没关系的，我们后面还可以再加油的！"我连忙安慰灿。

灿有些懊恼，把手里的红光战气剑一甩："他们一个前进了三格，一个前进十格，我却退回原地！我不想输给他们！"

"我们不会输的！"我连忙拍拍灿的肩，"我们后面加油就好了，等他们也遇到没有那么擅长的项目时……"

"快闪开！"

我的话还没有说完，信突然用力拉了我一下。

那只巨大表盘上的短指，正指向我的方向，而现在，信代替了我，站在那个位置。

"Four go。"游戏的声音慢慢地说。

信慢慢地往前走了四格。

在第四格，斗命棋的苍老声音慢声道："你将跌入斗命棋最黑暗的死亡沙漠。请选择一个同伴，并在三十分钟内杀光死亡之海里的所有怨灵，如果做不到，你将永远埋葬在死亡沙漠。"

啊，什么？！

我和灿听到信的这一命题，都吃惊地大喊起来：

"信！"

"信，我陪你去！"灿立刻大声地叫。

信却忽然回过头来，对着我和灿极微淡地笑了一笑。他的笑容，总是温柔而淡然的，但是，那却又是极疏离和遥远的。他仿佛总是拒绝别人的靠近，拒绝别人的关心，好像从他的心底，就一直拒绝着同伴和朋友……

"谁也不用陪我，我不会死在死亡沙漠的。"信淡淡的一句话，直接把我和灿全都拒绝。

灿着急地立刻大喊："别胡说了！死亡沙漠里的怨魂是东羽森林里所有怨魂的一倍还多！你一个人去那里就是送死！信，快选我，我陪你去！有我的红光剑，我们一定可以……"

信好像根本没有听到灿的话。

他慢慢地转过身去。

我看到他那一头如丝缎般美丽的淡紫色的长发，瀑布一样地滑落在

他的肩上。他脚下的第四格子开始变得黑暗，好像变成了一个无限黑暗的无底洞，开始把信吸到那个骇人的洞中去！

信猛然下沉！

"不！信！你不能一个人去！"我吃惊地看着他跌进洞里，几乎没有思考的机会，我只伸长了手想要抓住他，却跟着他一头朝着那黑暗的无底洞里跌了下去！

HUAYANG

134

LONG ZHIGUO

花样龙之国 一

第六章
友情的信任

阿米森听到信的这句话，帅气的表情都微微地僵了僵，但是，他还是努力地回答道："原来，信你过了这么久，依然还对这件事耿耿于怀！我以为我向你道了那么多次歉，我以为我向你说明了那么多次，你已经原谅我了，你还会像以前一样相信我，原来，我都错了……"

Chapter 1 死亡沙漠

风，打在脸上像刀割一样地疼！

我抓着信的衣袖从黑洞里狠狠地跌了下来，还没有来得及张开眼睛，就似乎觉得有什么东西的呼吸已经响在我的耳边。我顾不得自己摔得脚疼腿疼，才一张开眼睛来，就顿时吓得向后一倾！

一匹狼！

真正的野狼！不，可能是比野狼更凶狠的由怨魂凝聚起的狼！它瞪着血红的眼珠，张着血盆大口，狠狠地盯住我。那表情就像是我是它今天美味的晚餐，而它锋利牙齿上淌下来的血迹和它不停滴落的口水，更是充分说明了它有多么渴望用它的牙齿刺穿我的血管！

"不要，不要过来！我不好吃的，我……"我有点惊慌失措，一边撑着自己的身体，一边向后边退。

那匹野狼却已经按捺不住，后腿一蹬就朝着我狠狠地扑过来！

"啊！不要！"我惊叫一声！

要被它吃掉了！

刹那间，忽然有一串水晶珠从我的身后蓦地罩过来，直接把我整个都笼在了那串巨大的珠子下。

"魔耶魔罗——修罗咒——散！"

随着我身后传来一声巨大的喝咒的声音，套在我身上的这串巨大水晶珠的珠身上，突然就绽放出千万道刺目的霞光！当那匹飞跃腾空，朝着我狠狠扑过来的大野狼将要对我撕咬下口的时候，万道金光直接刺穿它的身体，它仅是呜嗷了一声，就立刻被打得四分五裂，完全消失。

危险解除，我立刻欣喜地转过头去，大声地叫道："信！谢谢你。"

信没有说话，只是顺手摘下那一串罩在我身上的水晶珠。透明的水晶珠在他雪白纤细的指间，映出那么斑斓的光芒，而在他微微敛眉低目的瞬间，淡紫色的长发丝绸般地从他的肩头滑落下来，细碎的发梢扫过他左眼角下那一粒淡灰色的泪痣，有种迷茫般的美丽。

啊，信的身上真的有一种特别迷人的气质，他温暖动人的表情，总是和淡淡的温柔微笑交织在一起，变成一种特别让女生心动的样子。他这样的男孩子，总是让人看到就忍不住悄悄地喜欢，似乎他特别值得依靠，特别温暖，无论你提出什么样的要求，他都会答应你，呵护你。可是信却又是有些极冷淡的，他无论说话、微笑，都是温温淡淡的，可是他说出的每一个字，每一句话，都却是那样的遥远，让你无法靠近。没人知道他在想什么，更不知道他要做什么。

"你何必要跟下来？"信终于抬起头来看我，但是话语又是疏离的，"让我把你送回去。"

他立刻举起他手中的水晶珠。

"等一下！"我连忙大叫一声，"我不要回去！斗命棋里不是说了，你可以选择一个同伴一起跟你来这里吗？而且灿也说这里的怨魂真的很

多，你一个人没有办法解决的！一定要一个伙伴……"

"我不需要同伴。"信不等我说完，就立刻拒绝，"生还是死，我一个人就够了。"

啊……

我大张着嘴巴看着信。

这是多么温柔的声音，却是多么冷淡的话！我从来没有见过这样干脆而冷漠的拒绝，信只用这样一句，就能把我推出十万八千里了！简直没有办法想象，长相这么温柔迷人的男孩子，怎么会是这么冷漠呢？

"信，你为什么这样不相信别人呢？"我讷讷地看着信，忍不住问出这一句。

信立刻怔了一下，他甚至还抬起头来望了我一眼。但是，他又迅速地低下头去。

"什么信任还是不信任，我只是不想添那么多麻烦。"

信任朋友是——添麻烦？

我觉得有点匪夷所思，但是就在信刚刚抬起头来的那一刹那间，我仿佛从他那双微棕而布满了浅紫花纹的眼瞳里看到了些什么。忽然想起那天晚上在春樱树下，那些被撕碎的信件碎片……

"信，是因为阿米森吗？"我小心翼翼地，试探着问。

信忽然抬起头来，仿佛有些吃惊般地瞪着我。我看到他细长的眼瞳，那因为瞳孔微缩而悄悄闪动变化的淡紫色花纹，以及那被微风吹动而露出的一粒极淡的泪痣。

"偷看别人的信件，不是一个好习惯。"他冷淡而微微生气般地回我。

啊！虽然他没有正面回答，但是我已经明白了！就是因为阿米森！那个把信称作"你最好的朋友阿米森"的男孩子，就是信的心结所在！信或者因为什么事情，和阿米森的友谊破裂，所以才会令他变成一个虽然是操控心灵术的高手，却完全不信任同伴的人！

"信，你和你的朋友之间到底……"我试图想要问清楚。

但是，在这个黑暗的死亡沙漠四周忽然响起一片阴森森的冷风。

我和信几乎在同时转身。

刹那间我们都惊呆了。因为就在我们身后的小沙丘上，已经密密地布满了血红的眼睛，那一双双的眼瞳在幽黑的夜色中，像是一双双骇人的血宝石般地，直刺入你的心里。而且那数量还在一只只地增加，更多的不停地聚集过来，我们能听到它们细碎的脚步声，看到它们越来越把我们围拢在一起的密集包围圈！

狼！

死亡沙漠里饥饿到极点，拥有最强怨力，杀人不眨眼而数量惊人的恶狼狼群！

"信……"我吃惊得话都快要说不出来了。再怎么有勇气的人，见到这么多的狼也会害怕吧。

信的表情有一点点微淡，他静静地说："我把它们吸引过来，你听我的口令，只要我数到三，你就快跑！"

"啊？不行，我不能把你一个人丢在这里……"

"难道你可以帮我消灭它们吗？"信转过头来，冷冷地问我。

我被问到心头一颤。

是的，我是没有办法帮助信，我又没有什么特殊的灵力，也没有像灿的那种斩杀妖怪怨魂的本领，但是我想帮助信……我不想自己只是被人保护……可是……可是我怎么才能帮到他呢？怎么才能……

狼群，已经朝着我们慢慢地围拢过来。

冰冷的沙丘上，吹过透骨的凉风。

细小的沙砾被扬在空中，朝着我和信扑面而来。就当信忍不住微微地眯起淡紫色的瞳时，那只为首的红眼野狼立刻一跃而起！

嗷的一声嚎叫，就朝着我们扑了过来！

群狼被首狼激愤，立刻也同时跃起半空！

"魔耶魔罗——修罗退魂咒——散！"信立刻擎起自己手里的水晶

珠串，大喝一声！

水晶珠上的红穗在风中高高飞扬，而随着信脱口而出的咒语，整串水晶珠立刻绽出令人惊叹的光芒！整道光芒就仿佛光波一般朝着狼群狂飞了出去！

飞腾而起的狼群遇上万道光波！

惨叫连声响起！

几乎在瞬间，十几匹狼消失不见，几十匹狼被光芒刺中，嚎叫着倒地受伤！

"就是现在，跑！"信突然大叫一声。

"可是！"我惊叫一声，还想和他战斗在一起。

信却突然猛地抬手，一巴掌就把我打出十几米去！

我整个人几乎跃出了野狼们的包围圈，而重重地落在沙丘的背后。有几匹野狼看到我飞出去的轨迹，立刻掉过头来就要咬我。我吓得往后狂退几步，但是一移动身体，我却顿时觉得不好了！

"信！信！"我失声尖叫，因为我发现自己一旦移动半步，手边的沙子就开始纷纷向下陷落！而我的身体也似乎在随着沙子的滑动而悄悄地往下降，不……不是下降，而是在被什么东西往下吸……就要把我吸进沙丘里面去……

"不要动！"被野狼包围的信也终于大叫一声，"是流沙！你再动一下，就会被沙子吸下去！"

那几只就要扑过来咬我的狼，也发现了我身边滑动的沙子，它们停住了脚步，但是就在我的不远处踌躇着，仿佛只要看到我这边平静下来，它们就会一下子扑过来把我咬死撕碎！

受了伤的首狼却已经带领着更多的狼向着信发动了第二次攻击！

嗷呜——它狂叫一声，这一次一半包围圈的狼都聚到了它的身边，随着它的一声令下，一半的狼从信的正面开始攻击，一半的狼从信的身后开始攻击！

嗷——嗷嗷——

狼的嚎叫声在黑暗的沙漠里传出很远很远！

信当首狼一跃冲天，又再次向他亮出流着鲜血的尖牙时，他右手食指和中指并拢，以指为符，在半空中划出几道弯曲的金色光符！

"安罗斗战——星芒顺天网——网罗灰埃，无处可躲！"信大叫一声，金指符立刻变成一片金色的网，朝着首狼带领的群狼就狠狠地洒了过去！几十只狼被一下子网在金网里，嗷呜地叫成一团！

但是信身后的更大一群狼，也朝着信扑了过去！

"信，小心身后！"我连忙惊叫。

可就在这个瞬间，我身下的流沙似乎也被惊动了，我只觉得自己的身子一沉，整个人都朝着沙子下面被吸了下去！

"苏秒！"信大叫一声。

他一指再次画出金指符，一手却猛地甩出他左手里的水晶珠！水晶珠施了法力而立刻变成无限长的珠串，一边牵住了他，一边就牵住了我！

就因为他要救我，而金指符下逃脱了好几只野狼。那野狼看到信为了牵住我不能移动，立刻就朝着他猛扑过去。

"信，快放开我！"我连忙惊叫。

"不行，一旦放开你，你就会滑进去了！"

"我没关系，你……你要平安！"我对着他大叫，"小心，小心狼来了！"

信猛然再甩出一道金指符，又一匹狼被击中而打得翻死过去。

"信，快放开我吧，你先保护你自己！"我用力地去扯那水晶珠。

"不行！"信大叫一声，"我不会放开你的。可是，从来只有别人要求我去保护，却从来没有一个人，会对我说要先保护我自己……苏秒……"

信似乎有些不能相信般地看着我。

隔着远远的沙丘，野狼的嚎叫，被风扬起的细沙，我看到信那双犹

疑的瞳。他的眼睛是那么的美丽，粟子一般的浅棕色，那么动人的浅紫花纹，他温柔恬淡，好像月光下一块闪着淡淡光华的美玉。可是，他的表情竟然是那样的犹豫，犹豫地望着我，仿佛有些不能相信一样。

"因为，我们是朋友啊！"我看着信，对他高喊出这一句，"是朋友就应该彼此信任，是朋友就应该相互关心。我相信你一定能行的，信！我相信你！"

信望着我，脸上的表情有种特别别扭的样子。

但，被打中的群狼们已经再一次翻身而起。它们再一次围成一团，这一次要再向信，发出更大的攻击！黑色的血腥气味已经在空气中弥散开来，只要再一秒，信如果不收回他可以施加法力的水晶珠，他就很有可能被这些狼扑倒在地上！

"信！放开我吧！"我对着他大叫道，"我相信你，你会保护好自己，也会救我的！放开我吧……信！"

群狼蠢蠢欲动，蓄势待发！

信脸上的表情，已经僵凝到了极致。

就在这一刹那间——

"信，放开手，让我来帮你吧！"

黑暗的死亡沙漠里，突然出现了一个熟悉的身影，就在我们前方不远处的沙丘上，一个穿着棕绿色长袍衫的男孩子在暗影处隐隐闪现！

"阿米森！"信似乎在下意识里，叫出这个名字。

Chapter 2 至亲的朋友阿米森

那个男孩子有着一头橘黄色的短发，眉毛粗粗的，眼神炯炯，看起来就充满了精神的样子。他站在离我和信不远的沙丘上，手里执着一把长长的银剑，银色的披风在他的身后飞扬着，看起来威风凛凛的模样。

他就是阿米森吗？他就是被信撕碎的那张纸条里提到的"你最好的朋友阿米森"吗？他就是信从小最亲密的那个朋友？！

"阿米森……"信望着那个站在远处的男生，有些不能相信般地微微呢喃。

"信！"阿米森站在远处，却威风十足地挥了一下自己手中的长剑，"我来帮你了！"

果然是好朋友之间的默契。

"我不需要。"

我刚刚还想要欢呼，终于有人援手了，但是信这一句冷冷的话，却蓦然浇了一盆冷水下来。

"信学长……"我有点吃惊地看着信。

信那头淡紫色的长发在幽黑的空中飞舞飘扬，他精致如花朵般的脸孔上，却是那么冰冷的表情："我不需要任何帮助，不需要任何人的援手，尤其是你，阿米森。"

"信！"阿米森有些吃惊地往前跨了一步，可是他的面前却忽然金光一闪，把他挡在那里，"信！你怎么还在说这样的话？我们从小就是最要好的朋友，不是吗？我们从小就是最亲密的兄弟，不是吗？虽然你是雪之国的王子，我是大将臣的儿子，但是我们从来都是一起长大，一起犯错，就算被国王陛下训斥，也是一起受罚的不是吗？！"

"我们早就不是朋友了！"信却冷冷地一口回绝阿米森，"当雪之国皇宫中的那场大火后，当我姐姐南公主死去的时候，我们之间的友谊早就结束了！"

信突然吼出这一句话来。

声音拔高，声线却是颤抖了一下。他细长而美丽的浅棕色眼瞳里，紫色的花纹都倏然缩紧，现出一种那么令人心痛的神色来。

我忍不住大吃了一惊。

原来，这么美丽温柔的信，居然还有一个姐姐的。那个姐姐是叫南

公主？信生得这么温暖漂亮，那他的姐姐一定更是善良美丽的人。可是……却死了？在雪之国皇宫里的大火中？天啊，那将会是一个多么刻骨铭心的悲剧……

阿米森听到信的这句话，帅气的表情微微地僵了僵，但是，他还是努力地回答道："原来，信你过了这么久，依然还对这件事耿耿于怀！我以为我向你道了那么多次歉，我以为我向你说明了那么多次，你已经原谅我了，你还会像以前一样相信我，原来，我都错了……"

信望着阿米森，他美丽温柔的脸上，却是那么冰冷彻骨般的声音："我不会，再相信任何人了。"

啊！

我终于明白了！原来，信虽然是心灵操控术的高手，却不肯相信任何人，任何人都无法向他靠近，无法探究他的内心的真正原因，就在这里！就在阿米森和南公主之间的往事上！

"信学长……"

"无法信任，Game 继续！"

忽然之间，半空中传来斗命棋的冰冷命令。

刚刚因为阿米森出现而停止攻击的狼群，在这一刻又嗷叫起来，狂袭向信！信的手里却死死地抓着套住我的水晶串，如果他一旦放开，我就会被身下的流沙给吸进地底去！

"信，小心！"我大叫一声。

眼看着三四匹恶狼狠狠地朝着信扑了过去，其中一只就朝向信握住水晶珠的那一只胳膊，信抬另一手去挡，但是恶狼却还是重重地一口就咬在信的衣袖上！

喀嚓！

我几乎听到狼齿刺破信的衣袖和肌肤的声音，赤红的鲜血随着狼牙的甩动，猛然就喷了出来！

"啊！"信痛到低呼了一声。

"学长！"我惊叫一声，眼看着群狼向他扑过去，"学长，请快放开我吧！学长，你专心对付这些狼，不要管我了！"

"不行！"信却怒吼一声，"你跟着我跳下来，我一定要把你平安送回去！"

又有两只狼向着他扑过去！

"不要！"我大声地对信叫，"信你放开我，我不会那么快就掉进去的，我可以坚持，我可以再坚持几分钟！只要你放开我，你用你的水晶珠把狼都杀死，再来救我！你一定能行的，信，我相信你！"

啊……

信忽然，对着我转过身来。

"你……相信我？"他有些喃喃地望着我，"你相信我可以杀死那些狼再救你？可是万一我来不及救你呢？如果你真的滑下去，被沙子淹没了呢？"

我望着信那双有着绝美紫色花纹的眼睛，用着最笃定的声音："不会的。我，相信你。"

信的手指，似乎微微地抖动了一下。

狼群趁机再扑上来！

"信！"被挡在金色光芒之后的阿米森，看到被群狼攻击的信，也再不能抑制地大叫起来，"信，让我过去吧！我可以帮你的！我们还可以像以前一样一起战斗，信，我是你的朋友啊！"

信的手指划出一道金色的指符，袭向狼群，但他却冷冷地回应阿米森："我们早就不是朋友了。当你要我相信你一定能救南公主，最后却眼睁睁看她烧死在房间里的时候，我们就已经不再是朋友了！"

阿米森的脸色苍白。

"我救她了！"阿米森对着信用力地喊，"我没有欺骗你！你难道忘记了，那场雪之国皇宫发生的大火，是在雪宫下了最大一场雪的傍晚！天都是黑的，地上又湿又冷又滑，我们两个是偷偷跑出来的，你对我说

皇宫的后墙边有一枝蔷薇在大雪里盛开了,所以我们才发现皇宫后厨堆放干柴的房间里着了火不是吗?你说二楼就是南公主的卧房,所以一定要上去救南公主。可是我知道那火着起来会有多快,只凭我们两个爬上去救人根本来不及的。所以我才对你说,要你快去通知国王和皇后陛下,我来爬去二楼救南公主……"

"所以,我相信你了!"信一口就打断阿米森的话,"但是,我回来之后却看到什么?你倒在雪堆里,后厨房间里的火已经蔓延到了二楼!南公主在睡梦中被惊醒,大火浓烟已经把她的房间包围!我听到她的尖叫,她的哭声,她的身影在火势熊熊的窗口痛苦地出现!南公主是被你害死的!南公主……是被我对你的信任害死的!如果当时我不肯相信你能爬上去救南公主,如果我自己爬上去,那么……我姐姐就不会死!"

信的声音,第一次那么凌厉而提高。

可是他的声线里竟然有一丝丝的颤抖,一丝丝的哭音,他那双细长而美丽的眼瞳里,竟不由自主地浮起一层晶莹透明的雾气来。

他真的很爱他的姐姐,可是回想起那被大火吞没的姐姐的身影,他的心疼,他的痛楚,都在他美丽而温暖的脸孔上,一一浮现出来……他的眉宇紧紧地拧在一起,他左眼下的那一枚浅浅的泪痣,似乎已经盈上了淡淡的水光……

"你错了,信,我从来没有欺骗过你,可是自从那次大火之后,你就选择离开了雪之国,再也不见我!"阿米森的眼圈也微微地泛红,他把手里的长剑往地上一扔,直接挽起自己右手的袖子,"信,你看!"

露出的手臂上,很长很长的一道伤疤,伤疤虽然已经合拢,但却突出横生着许多许多的疤肉,那些不同于皮肤的红红紫紫,充分说明了那伤口是多么深,多么透肤入骨。

"那天你走了,我就去爬墙,想要爬进南公主的窗子里去。但是,那一天下了很大的雪,墙壁和窗台上已经非常的湿滑,我拼了命爬到二楼,却被窗台上的冰凌滑得一下子跌到一楼!一楼的墙壁已经被火焰烧

得滚烫，我手心的皮肤瞬间都被烫烂了，整个人直接从阳台上摔了下来！我掉到一楼后厨的柴堆里，一根燃烧着的尖柴就从我的手臂上直接穿刺而过！我的手整个被割开了，骨头露在外面，火焰燃起我的肉，一片焦糊的味道……我看到火烧到了南公主的窗子上，可是我已经……再没有力气爬上去了。这道伤，就是我对不起南公主而留下的终身的印迹！"

阿米森猛然半跪在地上，眼泪缓缓地淌了出来。

信的脸色，刹时间变得苍白。

阿米森……信学长曾经最信任的朋友，他把救自己姐姐的希望交给了阿米森，阿米森却没有救到南公主……于是一对最亲密的朋友从此分裂，信再也不肯相信别人……不肯让任何人靠近他的心……

可是，现实竟是那么残忍的吗？他的朋友为了救南公主，被火柴入身，差点烧断整个手臂……

信任。

朋友和朋友之间的信任。

也许有时候不仅仅只是你眼睛看到的那一瞬，友谊之间的信任，也许更在乎的，应该是彼此的心。

"信学长……"我看到信慢慢地低下头。

狼群却抓住信低头的这一瞬间，猛然袭击！

首狼直接亮出爪子，朝着信的脸上就是狠狠地一抓！

一道血光在空中闪过！

"信学长！"我惊叫！

"信！"阿米森更是大叫一声。

我们两个都眼睁睁地看着首狼的爪子抓过信的脸，那一粒淡灰色的泪痣，被抓出一道血红的光！

"信，我来救你！"阿米森大叫一声，捡起自己的长剑，就拼命地挥出一击！

斗命棋游戏规则所规定的金光墙却依然挡在阿米森的面前，但是阿

米森拼尽了全力去向那里击出致命一击！

长剑狠狠地劈到金光墙上，光芒如霞光般绽开千万！

信听到阿米森的叫声，猛然抬头。

他左眼角下的那一滴泪痣，竟然染成了血红！一道特别的光芒在他的泪痣上微微滚动，耀眼夺目！

"信学长！"我对着他大叫一声，"相信你的朋友吧，就像我相信你！你一定能战胜这些恶狼，你一定能救我！信任你最亲密的朋友阿米森吧！"

我猛地抬手，就把自己身上的水晶珠用力地一摘！

呼——

金光闪去，水晶珠弹回到信的手里。失去了支撑的我，身下的流沙猛地一沉，整个人都几乎被立刻吸进流沙洞中去！

"苏秒！"信站在远远的地方，对着我大叫一声。

我拼命地挥起自己的手，对着他奋力而大声地叫："你一定可以的，信，我相信你！我相信！"

哗——哗哗——

我的身体，被迅速下降的流沙拼命地吸下去！

"信，我们一起！"

就当我即将沉入黑暗的流沙坑时，我依稀看到阿米森手执长剑，已经一步就冲到了信的身边，和他背靠背，如一对亲密无间的好朋友一样，并肩战斗！

啊，太好了！信，太好了！

Chapter 3 为友谊而战

"苏秒！苏秒，快醒醒！"

"喂，小乌龟！小乌龟你张开眼睛，小乌龟！你再不张开眼睛我就……"

噗！

手指头戳在我的腮帮子上，火辣辣地疼。

"喂！"我一下子就从地上跳起来，"早就跟你说过不要戳人家的脸了，很痛的，狗不理大包子！"

"哈？！"灿瞪着我的脸孔，脸上的表情花花绿绿的。他高挑着粗粗的浓眉，眼睛里满是想要臭骂我一顿的表情，但是又好像强忍着不好发怒，憋得脸孔红红紫紫的那叫一个辛苦，"哼，会骂人就代表你没事了对不对？早知道把你丢在地上不要理你。"

灿立刻转过身去。

站在一边的信，微微地抿了抿嘴唇。

我立刻回头向四周看了看，原来我们已经不在死亡沙漠了，四周又变回了东羽森林里那一片白茫茫的样子，我连忙问信："信，我们回来了是吗？你真的战胜了那些恶狼，然后救了我，是不是？"

信没有说话，他只是慢慢地点了点头。

"我就说嘛！"我高兴地跑过去一拍信的肩膀，"我就说你一定能行的，我是相信你的！你看，现在就解决了，不是吗？那么，阿米森呢？你也原谅他了吗？"

信听到我的问话，微微地侧过身来看我。

他的个子很高，肩膀有一点纤薄，但是美丽的紫色长发扫过他精致如白瓷一样的面孔，那一粒印在左眼角下的泪痣，已经凝成了一粒深紫红色的宝石样的形状。他微微地侧脸望着我，浓密而纤长的睫毛美得几乎令人窒息。

"我和阿米森之间，已经没有误会了。"信慢慢地说。

我的眼睛几乎是立刻一亮。

"真的？！那就说明，你已经原谅阿米森了？你和他又是好朋友了，

是不是？信，你以后会继续相信阿米森了，对吧！"我兴奋地仰头看着信，眼睛亮亮的映出他漂亮的样子。

信有一点意外般地看着我。

不知道为什么，他那双棕色眼瞳里的紫色花纹竟然轻轻地动了一下，有一种那么特别的样子浅浅舒展开来。

"嗯。"他点头。

"太好了！信，太好了！你终于可以解开心结，终于可以跟阿米森又恢复友情了！"我高兴地又跳又叫，一把挽住信的手，"我太为你高兴了！你终于又可以相信别人，和你最好的朋友在一起了！"

我兴奋地又叫又跳，摇着信的手臂。

信由着我摇动。

他微垂着眼睫浅浅地望着我，最后那细长的眼眸微微地弯成了一轮新月的样子。

我忽然看到他左眼角下的那颗泪痣，悄悄地闪过一丝淡红色的光芒。

啊，那是？！

"喂，你摇啊摇，摇够了没有！当这里是摇摇椅了！"灿忽然就从我的旁边走过来，一手把我从信的身边拉开，"斗命棋还没有结束呢！"

啊！

我一下子就被灿惊醒了。

的确，我只顾着为信解开心结而开心，完全忘记了那个让我们"以血祭棋"的斗命棋才刚刚进行了一半！

对面星盟的三个男生，看到我们这边又跳又闹的样子，凉是瞪圆了他墨绿色的漂亮眼睛，瑾和月的脸上反而都是一副非常鄙夷的神情，尤其是瑾，那种冷漠和冷淡，更是像利剑一样地刺入人心！

"别高兴得太早，不然到时候怎么死的也不知道！"

"他们已经落后我们三格，"月扯弄了一下他颈上的雪白围巾，流苏流淌在他细腻如玉般的手指间，"还剩下最后一次对战，如果他们再

输，就会全军覆没，所有三个人都会死在斗命棋上！"

啊？最后一个人……

"The game lest！"忽然间，苍老的游戏棋的棋盘上，又传来一声巨大的声音，棋盘中央的那只表盘，再一次飞速地旋转！

这一次，短针很快就指向我，而长针还在不停地旋转旋转！

"啊……我……我我……"这一次，要对战的人，是我！

我紧张得手都要发抖了。

"小乌龟，我来替你！"灿在我的身后大叫一声，就要冲到我的面前来。

哗！

青葱的矮树丛里忽然间就伸出无数把尖刀，直接挡住灿的去路，也把我团团围在中间！

"谁也不能违背游戏规则！不然，杀无赦！"

斗命棋的苍老声音，不留任何余地地怒吼一声。

"灿，回来。"信立刻叫了他一声。

"可是小乌龟他连一点法术也没有学过，怎么可能对付得了斗命棋上的任何攻击！"灿心急地在我的身后叫道。

"别着急。"信慢慢地说，"这是命运的安排。苏秒……会赢的。"

哎……我听到了信的话，也许信真的是操控心灵术的高手，当我听到他这样温润而慢慢的话语时，刚刚的紧张和不安也渐渐消失了。既然灿和信都为了赢下这盘棋而用尽了全力，那么我也不应该害怕，应该替龙盟把这一件事真正地赢下来！

来吧，我不会害怕！

就当我下定决心，握紧了自己的拳头时，那只长长的表盘上的指针"当"地一停！忽然之间就从整个斗命棋的中央飞散出无数只长着金色翅膀的透明钻石，一颗一颗一粒一粒，成群结队般地在整个斗命棋的上空飞成了一片！

"正反两方请同时寻找哈雷之钻！先找到者赢！输掉者，死！"斗命棋的棋盘很快地就说出了游戏规则。

我眼睛都快要瞪直了。

轮到我这一次的比赛，居然是要飞上去抢哈雷之钻？！我根本一点法术都不会，更不会腾身、跃飞之类的，居然要我去抓那满天飞的哈雷之钻？！这太夸张了吧，摆明了是要我输给对面的星盟啊！要知道这一轮，星盟的出赛者应该是——瑾？！

隔着矮矮的树丛，瑾看到我投向他的目光，已经冷冷地笑了起来。

"哼，这一次我看你还有什么本事！你们三个人，就埋葬在这里吧！"

瑾立刻纵身一跃，用着最帅气的姿势就向着半空中的那些飞成一团的金翅膀钻石冲了过去！

啊啊，他已经行动了！可是我……我怎么办？

"小乌龟！"灿忽然在我的身后大声叫我。

我回过头去。

灿却和身边的信，两个人同时伸出手来，两双手相握在一起，同时搭成一个撑梯的样子。

灿挑高他浓浓的眉毛就大声叫道："快来！我们帮你！"

信也对着我，重重地点一下头。

啊，难道他们两个人……要用交握在一起的手掌，把我送到半空去？！

"来吧！"灿勇气十足地对着我大叫，"让我们送你上去！"

"来。"信也终于开口，"苏秒，我相信你。"

啊……我的心一下子就被鼓动了。连信都能说出这样的话了，他们两个都愿意把龙盟的希望交给我，愿意把我送到上面去，我还有什么好犹豫的？我还有什么好怕的？！有友情在旁边支持，我什么都不会害怕！

"嗯！"我大声地应着，用力地点点头。

接着咬住牙齿，两步加速跑，勇敢地冲到他们两个的面前，他们立刻把握在一起的手背送到我的面前，我一脚就踏上他们两个交握的手指。只觉得灿和信在同时一起用力！

呼——借力用力！我一下子就被他们两个高高地送到了半空！

漫天飞舞的金翅钻石就在我的耳边！

好，我要抓住它们！我要找到哈雷之钻！我要赢得这场胜利！

我给自己鼓起勇气，就在自己的身体飞翔中，用力地握住从我身边飞掠而过的金翅钻石。可是这些小钻石太多了，密密麻麻地飞满了整个天空，它们嗡嗡嗡地在我的耳边响着，一只接一只地在我的身边飞掠而过，那金色的小翅膀似乎还带着尖刃，在擦过我的手背时，只觉得一阵刺痛！

"啊！"我的手指流血了！

但是，我不能让朋友们失望。我用力地伸手一把握住从我面前飞掠而过的一枚钻石！

"哼哼。"忽然间，从身边传来一声冷笑，"真是白痴加无敌。就凭你这种眼力，还想要找到哈雷之钻？！"

在那些飞舞的小金翅膀之后，蓦地探过来一只戴着雪白手套的手指，那手套上有着最美丽的金色花纹，但是花纹却在我的眼前猛地放大！

直接扼住了我的脖子！

"啊！"我大叫一声。

瑾穿过那些飞舞的金翅钻石，死死地扣住我！他墨蓝色的长发在风中如海藻般飞舞飘扬，他身后那件墨蓝到黑色的披风，更像是来自地狱的死神般张开了巨大的黑色翅膀！

"瑾，你……"我被瑾死死地扣住，在半空中挣扎，身体虽然不会下落，但是全身的重量被扣在喉咙上的感觉太痛苦了！我没有办法呼吸，我没有办法说话，我的胸口疼得像火烧，他死死掐住我的手指几乎要陷

进我的皮肉里！

"就凭你，还想要赢我？"瑾微眯着墨蓝色的眼瞳，冷冷地对我笑，"别以为有你们那种廉价的友情，就可以凭着一头狗血什么都能战胜了！我不用去找什么哈雷之钻，我只要一手掐死你！你死了，我就赢定了！"

啊！

这个瑾！大魔王瑾！那么冷心冷眼，从来对任何人都不会动一点感情的瑾！他居然说得出这么无情的话……他竟要在这里杀死我。可是……可是……

我被瑾掐到意识都要模糊，但是面前的瑾，却是和飞宇学长长得那么相像……恍惚中他简直就像是在话剧社的舞台上望着我的飞宇社长，我还记得在排练中他对我伸出手，那么温柔地叫我："苏秒，小心不要摔下去了……"

怎么可以！怎么可以长得和飞宇学长那么像，却要杀死我？飞宇学长一定不会的……不会的……

"不会的……"我在瑾的手指下挣扎，"你不会杀我的……飞宇学长……不会杀我的……你是我最喜欢的……学长……"

模糊中的我，在瑾的手指下挣扎着吐出几个字。

瑾的表情略变了一下。他戴着雪白手套的手掌，也微微地抖动了一下。

接着，深蓝如大海般的眼瞳里更是绽出了冰冷彻骨的光芒，他狠狠地拧起眉毛，冷声道："我才没心情听你胡说八道！今天我就送你一个痛快！"

瑾忽然抬起另一只手，手掌上耀出冰蓝色的光芒，朝着我的头顶就狠狠地劈过来！

"小乌龟！"

"苏秒！"

我的脚下，响起两个男生吃惊的大吼。

我真的要被瑾一刀劈开了！

蓝光落下！

说时迟，那时快！半空中忽然有一道黑色的影子，如同闪电一般，在我的身边一掠而过！我的手臂被拽得像断掉一样疼！

Chapter 4 龙盟的王者

唰——

一道闪着寒气的蓝光擦着我的后颈就直直地劈过！再迟半秒钟，我一定会被瑾这个大魔王给劈成两段！幸好还有人在这千钧一发的时刻拖了我一把，不然的话……

是谁？是谁这么好心帮了我……

我抬头一望。

这一眼却吓得我差点从半空中掉下去！

黑发，乌瞳，一张刀削斧刻神一般的面孔，那条紧紧抿成一条直线的嘴唇，那种无法阻挡的高傲与自负！他全身散发出王者一般的气势，那种惊人的气势扑面而来，几乎可以令任何看到他的人都被一并吞没！

啊，龙盟的老大——泷！

这一眼惊得我差点从半空中跌下去，要不是泷的手指紧攥着我的衣领，我一定就扑通一声掉到地上去了。这些天我可是天也躲地也躲，就怕遇到这位我的"新室友"，也不知道那一次和他见面，他是不是已经发现了我的身份。

可是，现在好像不是让我胡思乱想的时候，当泷一手拉开我，瑾的蓝光像闪电一样地劈过我的后脑，我想如果我是留着长发，那么瑾的这一道寒光斩过，我满头的长发都要被切成两片！

"泷！"大魔王瑾也为突然出现的这个人吃了一惊，他先是有点发

怒，但又随即冷笑，"果然，龙盟还是要靠你才有胜算的可能。但无所谓，你来的正好，今天我就把你们龙盟一并解决！"

瑾眉头一皱，又是狠狠地一道蓝光袭向泷。

泷连一个字都没有说。

他好像根本用不着和别人用语言交流似的，只是眉宇微微地一凛，接着就把我用力地一拽！

"啊——"我的叫声先响起来。

瑾的蓝色光芒擦着我的身体就向着我身后的一片金翅之钻飞了过去！

啪啪啪——

所有的钻石被打到四分五裂，碎片在半空中炸开。

正在这时，瑾却突然向着我们的方向袭过来！

泷拎着我的衣领，差点没把我勒死。

瑾却在飞驰的速度中得意地冷笑："哈雷之钻！"

我顺着瑾的目光望过去，在被他劈开的那些钻石碎片的中央，有一枚金翅之钻呈现出泪滴状的样子，而且它飞舞在半空中，折射出五彩斑斓的光芒。原来瑾除了攻击我，还是为了拿到那枚哈雷之钻！

"只要我拿到哈雷之钻，你们所有人也都是个死！"瑾得意地大笑，动作如光如电！

泷深黑色的眼瞳，在那一瞬间微微地一缩，他的身体猛然一侧，伸长了手也去夺那枚哈雷之钻。泷的速度比瑾的速度更快，身形移动也更加利落，只要半秒，他就能抢在瑾的面前。

但是就在这千钧一发的时刻，瑾那只戴着白手套的手，忽然向着我的方向一甩！

瑾一向动用的蓝色光鞭，朝着我的后背就狠狠地抽过来！

"泷，要他死还是要钻石，你自己选择！"瑾在半空中，得意地大笑！

一边是我的命，一边是哈雷之钻！

如果泷不理我,我就会被瑾的蓝色光鞭穿透心脏;如果泷保护了我,哈雷之钻就会落进瑾的手里,龙盟全输,所有人都要被斗命棋杀掉,以血祭棋!无论泷怎么做,都是没有办法挽回的败局!

瑾——太狠了!

"泷!"我忍不住大叫一声,"不要管我,哈雷之钻……"

我不想龙盟输。

在这一刻,我只有这个想法。

可是!

泷却在瑾的蓝色光鞭袭过来的一刹那,收回去拿哈雷之钻的那只手,用力地扣住我的后背,猛然向着旁边一闪!

啊!

我被泷的手臂挡住,整个人重重地向着泷的怀里用力一撞!

蓝色光鞭擦过泷的手背,直接袭向哈雷之钻!长着金翅膀的钻石被光鞭哗地一下子圈住,死死地扣在鞭梢上。光鞭再用力一缩,收进瑾的手掌里。

瑾一把握住哈雷之钻,却看到被泷抱进怀里的我,表情有种说不出的阴郁。

"哼。"他冷哼一声,"你们死定了!"

啊!

我倒抽一口冷气。

哈雷之钻,落进了瑾的手里,按照斗命棋的规则,我们……龙盟的所有人都会被立刻杀掉的吧!可是泷……泷为什么……

"为什么……"我抬起头来去看泷,"为什么要救我?钻石被星盟拿走了,龙盟的人就要……"

我抬头望着泷。

泷的脸色,永远都看不出任何感情。不知道他在想什么,也不知道他的任何反应。只是那种高傲和自负,冷风一样的气势把人包围。但是,

我却是第一次距离他那么近，就贴在他的胸膛上那么近地看着他。

他真的很帅，不是清秀的帅，也不是伪娘般的漂亮，更不是那种故作出的冷漠和耍酷，他的帅气，像明媚阳光下的高山，硬朗清澈到已经变成了一种力量；一种令人看到他就会觉得像山一样的厚重挺拔，像阳光一样的明亮值得依靠。这是所有男生身上都希望拥有的，帅气的力量。

面对这样的男生，我几乎不敢看他的眼睛，却又感觉到他那双像深夜般的眼瞳，有着幽暗到可以穿透人心的力量。他的呼吸很稳很轻，没有一丝的慌乱；他的动作也很镇定，仿佛对生死都已经冷静到淡定的状态。但是，他坚毅的下巴，他挺直的鼻梁，他虽然紧紧抿起，却泛出一点点微红的嘴唇……

砰砰。砰砰。

我突然心跳得好快。

"泷，其实你可以去拿钻石……"我不知道为什么，突然低低地说出口。

"然后，看着你死吗？"

泷的声音，蓦然从我的头顶传来。

我有点惊愕地立刻抬起头来看他。泷却高高地昂着头，仿佛没有任何变化的样子。好像连那句话都不是从他嘴里说出来的一样。难道……难道是我幻听了吗？他的话……他的意思，我的命比那颗会让龙盟赢下来的哈雷之钻更重要吗？

我还来不及想，泷抱着我，一下子就从半空落回地面上。

"泷！"

灿和信看到我们落下，立刻都围上来。

"泷，没事吧？"灿有些心急地追问，"你怎么这个时候赶回来了？"

信看着泷，也略有担心："云上的事情解决了吗？"

泷看了一眼信，没有开口，却只是慢慢地点点头。

喂，这个男生也太耍酷了吧！

"幸好泷你能及时回来，不然只靠我们几个，真的要输给星盟了！"灿在旁边着急地说。

"不过我们好像已经输了。"信慢慢地开口，"哈雷之钻，落进了他们的手里。"

大家随着信的目光望过去，一头墨蓝黑发的瑾，远远地站在星盟的一侧，对着我们挑衅般地冷笑。

"真该死！"灿一看到瑾那得意的笑容就气得要猛捶自己的大腿，"怎么偏偏让他把哈雷之钻拿走了……要是小乌龟你再强一点……咦？"

灿转过头来，瞪着我和泷。

"你为什么还呆在泷的怀里？"

哎？！

我被灿这一句话戳中。

大眼瞪小眼地对上泷的眼睛。

泷的表情很淡定，他深黑色的眼瞳里，甚至只有那么镇静如水般的目光。但是不经意间，我不知道为什么，忽然觉得他棱角分明的脸孔上，浮起了一朵淡淡的红云……

泷……那个强大、强势、自负到如同王者君临天下的男生，居然也会悄悄地红了脸庞？！

"喂，那个，那个放我下来！"我连忙在泷的怀里挣扎。

泷蓦然撒手。

砰！

我直接横着就咣当一声掉在地上。

"哎哟……"疼得我捂住自己的屁股。

有没有搞错，我是让他放我下来，不是要他丢我下来！"放"这个字不是立刻收手的意思啊，大酷哥！这下好了，直接像丢石头一样横着丢下来，差点没把我的屁股摔成七八十瓣。

"苏秒，你怎么样？摔到了？"信低下头来，有点关切地问我。

呜呜，还是温柔的信最好了，无论怎么样他还是会关心人。

"没事，就是摔疼了屁股……"

"我扶你。"信对我伸出修长纤美的手。

我拉住信的手，从地上站起来："让人家放下来不是丢下来，哪有人放手是直接把人当石头丢的……"

我嘟囔着偷眼朝泷看过去。

泷脸上的表情依然没有任何变化，他的目光就像是一潭永远波澜不动的湖水。就当我目光朝着他望过去的时候，他也只是把握着圆月银剑的手往背后一收。

信伸手扶着我，灿却突然跑过来把我的手用力一打："喂，你这个小乌龟，怎么这么笨蛋，让你找颗石头都找不到，真是没用！笨笨笨笨蛋乌龟！"

"哎哟！"我被灿一个"粟子"爆在头上，疼得我几乎要呲牙咧嘴："喂，干嘛打我的头啊，会打傻的好不好。"

"你本来就够傻了！"灿瞪着我，眼睛里有种说不出的神色。

"哼，死到临头了，还有吵架的心情！"远远的，隔着低矮的树丛，拿到了哈雷之钻的瑾，有些得意洋洋地望着我们。

就随着瑾的这一句话，在我和信、灿以及泷的身边，那些白色的矮树丛忽然之间就变了一种模样，仿佛在一刹那间随着寒光一闪，一整排闪闪发亮的银色冷剑，就从树丛里伸了出来！我们四个人被这寒光冷冽的银剑包围在正中央，只要微微移动一步，就会立刻被这些冷剑劈成碎片！

"Game 失败，全体刺杀！"

苍老的游戏声音再一次响起，而包围我们的所有寒光冷剑都高高地昂了起来！

一整排冷冽的刀锋在冰冷的东羽森林里现出惊人的寒光！

啊——刹那间，泷、信和灿围成一团，同时握紧自己手中的武器，

把我整个人都挡在中央。

刀锋雪白，如同漫天花雨般向我们疾刺而来，密密麻麻几乎要填满空气。

Chapter 5 惨痛的分离

锵！

漫天刀锋如雷霆般剧烈，又有着海啸般的气势，直直向我们刺来的时候，我只能无助地闭上眼睛，有些认命地等待着肉体被刺穿的痛楚，可是却迟迟没有发生。

我小心地睁开眼睛，眼前是灿挺拔的背影。

灿……他一直保护着我，从开始到现在。

他手中的剑竟已被齐生生砍成几段，火花飞溅，连同剑柄也被狠狠地击飞，他脸色有些发白，胸口微微起伏，却仍然笔直地挡在了我的面前。

"灿！"我吓得放声叫了出来，刚才要不是灿拦住攻击，我肯定已经被万剑刺穿了。

"我没事……"他轻声说着，并向我投来一个安心的眼神。

可现在他失去了武器，面对着重新散布在四周的冷冽寒光，我们也已经无路可逃了。

我下意识望向泷。

他眉心轻皱，即使处于这样的绝境之中，也并没有露出太多慌乱的神色，深邃的双瞳如同黑石一般坚定，仿佛没有任何事情可以让他感到动摇，永远都那么深不可测。

"逃得掉吗……"我小声呢喃着。

像是感受到我的视线一般，泷忽然转过头来。

在无数剑刃前，雪亮冷冰的银光衬出森森的寒气，他看了我一眼："不

会让你死的。"

很简短，几乎不带感情的句子。

然而不知为什么，看着他，我原本有些慌乱的心跳也渐渐平静下来。

泷就是这样的气质，可以坚定地站在前面引导大家，仿佛只要跟着他，就永远不会错失方向。

也许我们今天都要死在这里，可依然有一股安定感笼罩下来，驱使我想要去相信他。

"没错，我们一定能出去的！"信也用他那独有的温润声音缓缓说着。

"放心吧，小乌龟，我会保护你的啦！"灿冲我一笑，"虽然你很笨，不过谁让我是大好人呢？"

他们……

我站在原地，觉得胸口有些发热。

"哼。"不知是不是错觉，远远地，瑾看着我们，表情似乎比刚才变得加倍冷冰，说话的每个字也像带着冰尖，"你们真以为能逃得掉吗？失败的人就去死！"

说完，银剑唰唰地刺来，那剑芒上银光闪烁，带着异样的色彩，显然是有法术的加持！

我无力地叹了口气，下意识地躲在泷的身后。

然而，意外的事突然发生了。

我被重重保护住，没有再闭上眼睛，亲眼看到眼前发生的一切。

那些银剑并不是只冲着我们来的，瑾、凉和月他们所在的位置同样遭受着攻击！因为没有防备，他们招架得有些吃力。

我没能惊讶太久，因为我们也在面临着无比巨大的危机。即使躲在泷的后面，我也能从擦面而过的风中感受到那强大的冲击力。

无数金属碰撞的声音，还有空气中的火花。

我尽力压住恐惧，泷的背影坚定有力，让我莫名感到一点安心。

可是灿的武器已经毁掉了，好在他的反应非常灵敏，躲掉了大部分的剑，还有一些险些就要刺中他，都在信和泷的帮助下化险为夷。

第二轮攻击终于被挡过去的时候，我们都在轻喘着气，哪怕我什么都没有做过，只会躲在别人的身后寻求保护。这想法让我非常内疚，如果我不出现的话他们也会少很多麻烦吧。

另一边的瑾、凉和月也安然无事地挡住了攻击，不过都有些吃惊。

"这是怎么回事，我们不是已经拿到了哈雷之钻吗？！我们明明赢了游戏！"

凉看了看仍在瑾手中的钻石，对着天空大叫起来。

那个苍老的声音不带任何感情说明："只是斗命棋局结束，比赛还在继续，只要你们有命活着走出去。"

没有给我们多少喘息的机会，更多的剑出现在我们四周。

比赛还没有完吗？一定要有一方带着哈雷之钻走出东羽森林才算真正的胜利？可我都不知道现在我们正身处什么环境，还在东羽森林？或是无比遥远的地方？

遭受的攻击一次比一次猛烈，我已经没有余力思考了，只能尽量让自己不再拖累到别人。

没有武器的灿处境非常凶险，身上已经被划出了很多道伤口，虽然他已经尽量避开了要害，可是那么多鲜血还是让我胆战心惊。

连一向沉着的信都受伤了……那泷呢？

我赶紧转头去看将我护在背后的人，他如墨的黑发像是被风吹散，此刻已经渐渐平息了舞动，周身还是闪耀着高贵的金色光芒，高大的身影笔直挺拔，没有半分动摇。

我知道泷不但保护了我，还要分心去帮助灿和信。万幸有他的出现，我们可以到现在还站在这里。

可是这种越来越猛烈的攻击要到什么时候才会停止，还是直到我们全部都倒下的时候？

在一波又一波带着法力的武器密集攻击之下，龙盟的三个人也有点应顾不暇，为了抵抗，所有人都在渐渐地靠拢。

本来以为可以同心合力迎战困境，没想到这样的情况更加糟糕。我们不但得抵挡武器的攻击，还得防备来自星盟的威胁。

瑾并没有因为环境而暂停他的敌意，他甚至不惜受伤也要向龙盟发动进攻。

蓝色的光鞭扫向泷的后背之际，我情不自禁地尖叫起来。

泷周身的金光像是长了眼睛一样，化作实体，迸射得更耀眼，挡住了光鞭。

他回头，眯起乌黑如夜的眼睛注视着瑾。

"你应该清楚现在的情形。"

"你是最大的麻烦，先处理掉你才是正确的选择。"瑾冷冷地一笑，再一次挥动光鞭。

他们两个竟然在这么恶劣的环境下打斗起来，一边挡掉剑雨一边防守进攻。我真不知道该惊叹瑾不顾一切的疯狂好，还是两个人在这种情况下还有余力内斗的实力好。

泷要顾及的实在太多，为了不让我被光鞭波及到，他索性逼近到瑾的那一边，让自己迎向光鞭。

我大受震动，泷这是将自己放到更不利的位置！

幸好凉和月没有加入到战局的打算，也许只是因为迎击四周的武器已经用尽了他们的全力。

我担心着泷的时候，都忘了注意自己这边已经失去了可靠的屏障，侧耳划破空间的长剑向我袭来，等我意识到回头的时候已经就要来不及了。

已经受了许多伤的灿填补了泷的位置，挡在了我的身前。

我甚至听到了武器刺进肉体的声音，吓得几乎忘记呼吸。

"灿——"

在我脱口而出的惊叫声中，灿站立不稳，缓缓地倒了下去。

我用尽全力接住了他，看到他挡在胸前的手臂间涌出来的鲜血，还有插在其间的长剑，眼前一阵阵地发黑。

为什么，为什么他总是这样拼命地保护我这个没用的人……我的力气都像是被抽光一样，呆呆地看着他。

灿倒在我的怀中，虚弱地笑了一笑，松开手臂。

我不知道是难过好还是庆幸好，万幸剑柄被灿用手掌夹住，虽然还是刺进了胸口，但伤口应该不深。他的手臂和掌心却已经被剑气划伤。

"小乌龟我不要紧啦，不要一副马上哭出来的样子。"

上帝保佑，他没有出事，还能笑着叫我小乌龟。我担心得心脏都要跳出喉咙了。

剑雨稍息的时刻，信一边蹲下身查看灿的伤势，一边护住我们。

他眉头优蹙，完美如艺术品般的脸颊也被划出了些微血痕。

灿咳了一下，还想要站起来。我不知所措地想要帮他一把，他却拉住我的手，紧紧地拉着，没有再放开。

"还好小乌龟你没事，还坚持得住吗？"

明明受伤的人是灿，他却这样问我。我难过极了，真想让他们丢下我别管了。

可是我知道他们不会这样做的……他们从来没有抱怨过，总是默不作声地保护着我。

窝心的感觉几乎让我流出眼泪，只能回握住灿的手，传达着我无法用语言表达的感谢。

我们这样互相注视着，却有一道蓝色的身影突然袭来，让我大吃一惊。

不知道为什么，跟泷一直缠斗着的瑾竟然突然向我们这边发动攻势，身影快如闪电。我根本反应不过来，脑中只剩下受了伤的灿，想也不想就伏了下去，想用身体挡住无力回击的灿。

就在同一时间，我伏下去的同时看到泷也立刻调整了身姿，飞速跟了上来，没有让瑾的光鞭沾上我们。

我没有感觉到被皮鞭撕裂的痛楚，却感觉到了脚下土地的震动。

又发生了什么事？这样恶劣的状况让我有些喘不过气来。

四周震动得越来越厉害，所有人都愣了一下，灿的身体也紧绷起来，大家都不知道即将面临什么样的状况，警觉地防备着。

可是很快地，连防备都没有用，我们脚下的土地开始飞速地崩裂。

仿佛整个天地都在震颤着，发出悲鸣，土地裂开的缝隙越来越宽，下面是无尽的黑暗。

永远都有更残酷的环境在考验着我们，我被眼前的景象吓到，动也不敢动一下。可是土地没有停止崩塌，继续带着不能阻止的力量下沉。

然后，望不到底的万丈深渊突然呈现于我们脚下，我们在那一瞬间几乎全部处于腾空的状态。

更糟糕的是剑雨也没有停止，仍然出现在四周。

一切都发生得太快，我连尖叫都忘记了，感觉到自己已经在飞速往下坠落。

在下坠的时间里，像是慢动作揿放一样，我能看到灿和信都带着一脸的震惊，离我越来越远。

不远处的泷和瑾也终于停止住了战斗，一边下落一边挡开了再一次袭来的银雨。

迎面呼啸来的风声中，我不能控制自己的身体，突然感觉到右臂上传来锥心的刺痛，紧接着的脚踝处……终于还是被剑刺中了，失去意识的前一刻，我感觉到自己的身体被一个有力的臂膀搂住。

我没有被剑雨扎成刺猬，甚至没有继续往下掉，不过还是能感觉风像刀一样割在脸上，晕头转向地不知自己正在何方。

是谁抱住了我？灿还是信……或者是那个冷淡却又让人安心的泷？

我迷迷糊糊地睁开眼睛，剧痛让我有些看不清楚就在眼前的人。

依稀能看到四周的土地崩裂得越来越宽广，而抱着我的人正在踩着落石缓冲下落的速度，似乎在跟时间赛跑，追赶着土地崩塌的边缘。

我迷糊了好一会儿才慢慢看清了近在咫尺的脸，却被惊得倒抽一口凉气。

不是灿，不是信，也不是泷。眼前的人蓝色的发丝飞舞，有着无比狂妄的神色。

是瑾！

他不是一直想置我于死地吗？怎么会接住我，搂着我，不让我掉入深渊。

光是想到自己在他的怀中我都已经不寒而栗。

所有剑雨都变成向下发射的方向，残忍又密集的"嗖嗖"声划过耳际。

我的视线被瑾的身体挡住大半，挣扎着想要看其他人的状况，却被非常无情的力道制止，没办法动弹。

想到瑾此刻的状态也并不轻松，还要加上我这个累赘，我本该顺从一些，可是一想到其他人实在没办法安心。

泷，灿，信……还有凉和月，每一个人我都不想从今之后再也见不到。

"他们……他们呢……不要……"

我慌乱又无措地叫着，可是丝毫不被理会。

手臂和脚踝上的伤，瑾疾跃时带来的晕眩感，加上对其他人的忧心，我简直不知道该怎么办才好，心头像是被火燎烧着一样，渐渐看不清四周的景象。

第七章
瑾之章

　　瑾微微一用力，我又被猛地拉了起来。我整个人就撞到他的怀里，我惊叫的后半截被堵在喉间，嘴唇被同样柔软的嘴唇封住。这种触感……那是……他在吻我？！说是吻，更像是一种复仇般的噬咬，瑾柔软的唇没有带一丝感情，只有冰冷而又疯狂的恨意，残酷的掠夺。吞没我的声音，淹没我的神智。

Chapter 1 生死一线

　　像是在地狱的烈火中被焚烧着，无穷无尽的火焰从四面八方侵袭向我。

　　逃脱不出，无法熄灭……

　　这种痛苦直到我被狠狠摔到地上的时候，随着意识的清醒才渐渐消退。粗砺的地面磨擦着我的脸颊和手臂，硌得生疼，晕眩感还是一波一波地袭来。

　　我努力地晃晃头，花了不少时间才慢慢清醒，一抬头就看到站在我面前，居高临下看着我的瑾。

　　他的眼神让我不禁心惊了一下，想起之前的状况，我连忙四周张望着。这是哪里？四周都是冰冷的深色岩石，渗透出阴冷潮湿的气息。

　　我们应该是置身在一个天然的山洞之中，也许连山洞都算不上，只是岩石缝中较深的凹槽而已。那些可怖的剑雨还在持续着从洞外的四面八方呼啸而过，我想自己大概没有晕迷多久，还好。

同时我看到了瑾的手上还拿着哈雷之钻，闪着夺目的光华。

就是这个钻石让我们一直遭受着折磨。

我的脑门还是晕晕的，都搞不太清楚现在的状况，只是看着那个钻石就不知道哪里来的勇气，头脑一热猛扑过去，想要抢过来。

想要赢得比赛，为了龙盟的同伴！

瑾肯定没想到我受伤才醒，就胆敢只身冒犯他，竟然没有出手攻击我。

没等他出手攻击，我受伤的脚已经率先一软，踉跄着几乎要跪坐在地。也许只是错觉，我竟然觉得瑾的手动了动，一瞬间有想要来扶住我的感觉，不过他还是克制了这个举动。

趁瑾分心的时候，我借着身体下跌的姿势，更加拼尽全力伸手去抢哈雷之钻，没想到真的将钻石抢到了手中。

瑾的表情很意外，其实我比他更意外。

他一挥手想要抢回钻石，差点打中了我，虽然收了力道，可也同时将我的手猛挥到了一边。

嗖——

我的手还没有力气，被这样一挥，哈雷之钻竟然脱手而出，画了一道弧线飞了出去。

"啊？！钻石！"

我惊叫起来，想要去接。一动弹受伤的手和脚都传来剧烈的刺痛，让我不禁倒下来痛呼了一声。

瑾本来已经快要接住了钻石，听到我的痛呼竟然回头看了一眼，再回头时已经来不及。

哈雷之钻，我们拼命争取的钻石，我眼睁睁地看着它就这样掉了下去……

"该死！"瑾气愤地咒了一声，想要跳下去，却被洞口外的剑雨挡了回来。

他伸手猛砸洞壁，坚硬的石头跟粉尘一样纷纷碎裂，看得我胆战心惊。

也许还可以挽回，我不愿意放弃，连忙爬到洞边想要跳下去拿，到了洞边才知道自己的处境。

原来我们身处在悬崖壁的中上部，深不见底的悬崖底部已经被浓浓的白雾遮蔽，惊人的高度只是看一眼都让我更加晕眩。

剑雨还没有停止，小小的哈雷之钻早就不见了踪影。

更深的绝望爬上我的心头，哈雷之钻是其次，泷呢？灿呢？信呢？其他人呢？他们也没有半点音讯，现在是在哪里？

一道迎面刺来的剑光几乎就要刺中了傻住的我，直到后面有一只手不甚温柔地将我抓回洞口。

此刻我顾不上其他，周身泛起的寒意已经冻结了我。

难道……泷他们……都已经掉进了这恐怖悬崖的下面了吗……

半天说不出话来，我不敢去相信这个事实。

"你的胆子倒是挺大。现在看够了没有，准备什么时候跳下去，还是需要我帮你？"

瑾轻蔑的声音就在我的耳边响起。

我茫然地抬头看他，只看到瑾嘴角讽刺的冷笑，蓝宝石般的眼睛里都没有笑意，像死寂的深海。是他救了我？可是他怎么会想要救我……救了我却是这样冰冷的态度。

我奋力想站起来，受伤的手和脚却根本使不上力，浑身酸软地跌了回去。只好坐在地上仰头去看瑾，焦急地喊着："他们在哪里？你知道吗？！"

"他们？当然是死了。"瑾直接又不当一回事地说出口。

"你胡说！"我大惊失色，想也不想地吼出来，"他们才没有死！"

瑾像看着天字号第一蠢材那样看着我。

我心慌地看着四周，一片空寂，像是世界上只留下我和瑾。

这感觉太可怕了……

"你带上我都可以活下来，他们才不会死……不会的，不会的。"我揪着心口喃喃自语。

"哼，我是风之国的人，天生擅长飞行。那群废物也想上来？没那么容易。"瑾像是专门为了揭穿我的自我安慰，有耐性地提醒着。

我看着他面不改色地说出这样无情的话，心里更加焦急惊恐，不禁骂起来："你怎么可以说得这么轻松？凉和月是你的同伴，他们也在里面啊！你有没有人性的？"

"同伴？我什么时候承认过有这种东西。"

我倒抽口气，无言以对，难道他真的有这么冷血吗，可是他不是明明救了我吗？

我还是不愿意相信那群无比杰出优秀的天之骄子们会轻易地死去，他们绝对不会的！

可是他们的情况绝对很糟糕，我注意到连擅长飞行的瑾身上都被划开了很多道伤口，他们会怎么样？我简直不敢去想。

"求你去救救他们！拜托你！"我脱口而出地请求道，心里只剩下对那几个人的担心。

"救他们？"瑾像听到了无聊的笑话一样，又不屑地笑了一声，"竟然会让我去救几个死人，你真是天真得可笑。"

"都说了他们没有死！你死他们都不会死！"我想也不想地反驳，意识到自己的处境，又放软态度哀求着，"拜托你……去救救他们吧……"

"你又是凭什么求我？你自己都活不长了，还有闲心管别人。"

"你那么讨厌我都救了我不是吗？为什么不愿意去救他们？弄丢钻石是我的错，我会向园长说明的，说你是拿到哈雷之钻的好不好。拜托你，只要你去救他们，不管要我做什么都可以！"

"那颗小玩意，我根本就不在乎。"

瑾蹲了下来，将脸凑近我，用刺骨寒冰般的声音轻轻地问："你可以做什么？去死吗？"

我看着逼近的脸愣了一下，深蓝的眼眸中没有半点感情，倒映着呆呆的我。

"你……"我瞪圆了眼睛，深吸口气。

瑾看我的模样更觉得可笑，竟然伸手扣住我的下颌，用差点捏碎我的力量。他的表情却很镇定，轻松地问我："你不用操心担心别人了，不如先担心你自己吧。难道你真的以为我是想要救你才带你来这的？"

我确实很难相信他有这么好心，尤其在听到那一番话后。可是他又是为了什么在这么危险的状况下非要救出我来呢？

下颌被紧紧扣着，我挣不开瑾的手，只能仰头怒视他。

"我当然是想让你痛苦百倍地死去，死在我的手里，这样才有乐趣。"他阴着脸说道。

这个人简直不可理喻……

"你是有病吗……心理变态。"我困难地说着话，下巴和周身都疼得厉害。

瑾注视着我，蓝色的眼眸像是锁一样锁住了我。他没有说话，退开两步，只是抽出了蓝色的光鞭。

我一看到那鞭子就发憷，它的威力已经见识过无数次了，我能想象它打在我身上那种撕心裂肺的痛苦。

现在已经没有灿不顾一切地挡在我身前了，没有泷那么强大和可靠的气息让我安心了，也看不到信温柔如初雪般的微笑了……

想到他们，我突然忘记了害怕，只剩下满心的担忧。

我来到这个世界没有多久，就认识了他们，每一个人都在尽力地保护着没用的我，以后再也见不到了吗……

也许是太虚弱产生的幻觉，他们的身影景象逐一浮现到我的眼前，

再像轻风一样被吹散。

我的眼泪终于忍不住一颗一颗掉落下来。

瑾的眼神中有着玩弄小动物的残忍，看到我掉眼泪他竟然带着快意笑起来。

"这么怕死吗，这样就吓哭了？我还以为你至少得先讲一堆没用的废话扮有骨气。"

"你可以杀了我……"我任由自己掉眼泪，低下头轻轻地说，"如果你开心的话，就杀了我吧。只是请求你，能尽力找一下他们的行踪吗？最碍眼的我都死了，你也解气了，能完成我最后的心愿吗？"

瑾沉默了片刻，我看不到他的表情，感觉下巴的钳制被松开，只有他冰冷的声音传过来。

"好啊。"

他说完我就感觉到眼角余光处蓝光一闪，那光鞭的光芒我再熟悉不过，带着疾风在空气中猎猎作响……

那样的气势，一鞭就可以要了我的命。

我忍住颤抖，闭上了眼睛，心里只剩下唯一的念头。

妈妈……爸爸……对不起……

我这个没用的女儿就要离你们而去，我才陪伴了你们十七年……

劈啪——

洞中发出巨大的声响，鞭子挥舞还有砸落的声音，连带着洞壁的石头被劈开，纷纷掉落。

仿佛天地都为之动摇……

Chapter 2 读不懂的心

我一定是死了。

死得太快，连疼痛都来不及感觉到。

这样挺好，至少可以轻松地离开。

不过为什么我渐渐能感觉到小石头掉落到背上，还有四周被惊起的粉尘？

呛得我忍不住咳嗽起来。

这是怎么回事……还有死人会咳嗽的吗？

我小心地睁开了眼睛，发现自己并没有被劈开两半，也不是灵魂浮体的状态，还好好地坐在洞里。

抬起眼睛就看到了瑾，他的神色竟然也无比复杂，握着鞭子的手收回到半空，像是定格住一样一动不动。只是带着恨意和一些惊讶定定地看着我。

"你不躲？还是知道自己躲不掉？"他沉沉地出声。

我意识到自己还活着，现在才知道害怕，背后出了一身冷汗。

不过我不想服输，倔强地说："你答应过我会救他们。"

瑾的眼睛里又迸出杀意，冷冷地问："为了他们愿意去死？原来你不只喜欢装骨气，还喜欢装高尚。"

"我就是在后悔自己装高尚了。"

我偏过头看了看就在离我手边一寸的地方，岩石像是块豆腐被镰刀割过一样，有着深深的鞭痕，情不自禁地抖了一下。

我咬咬唇，让自己冷静下来继续把话说完："我只是后悔当初为什么跟园长求情，为你这种人求情。如果当时不是傻里傻气地装高尚，就不会连累星盟和龙盟的其他人，不会出事，不会害他们下落不明了。一切都是我害的。"

瑾眯起了眼睛，没有说话。

我又抬起头看他，从牙缝里一字一字地挤出："而你，完全不值得。"

瑾笑起来，笑容都带着冰霜的寒意。

"你生气和后悔的样子真是有意思。"瑾挑眉笑着，"我又不想杀

你了。"

我觉得瑾是可以不用杀我,我能被他这种变态的性格活活气得死掉。

这个人哪里像是我的飞宇学长了,我当初一定是昏了头了。

"恶魔……"

除了这两个字我找不出更合适的词去形容眼前这个人。

瑾的脸色竟然一变,很微妙的变化,看在我的眼中,几乎有些像是被刺到了痛处,不过很快回复狂妄。

他这种人也会在意着什么吗?只会因此而自鸣得意吧。我让自己甩开这个无聊念头。

"没错。我是恶魔。"他优雅地把玩着自己如蓝蛇一般的长鞭,高高地站着,突然拿皮鞭抚向我的脸,"你大概以为自己是纯真善良的小天使。正是托你这个小天使的福,你大发慈悲替恶魔求了情,连累了无数所谓'同伴'丧命。不知道他们现在是在天堂还是地狱看着你。"

我的心被这话狠狠刺痛,几乎不能呼吸,瑾太懂得践踏别人的伤口,那是我此刻最在意的事。感觉自己的心口越来越沉重,像是真的无力呼吸一般,身体也越来越冷。

这时我才想到自己手臂和脚上的伤,虽然剑只是擦过去,并没有完全刺中,不过伤口也一直在缓缓流着血。这种发冷又胸闷的迹象,我想大概是失血过多的关系。

算了,看来怎么样都难逃一死,我干脆往地上一趴。

太悲哀了,为什么我会遇到这些事。我只是个很普通的十七岁少女,现在应该好好地待在学校里,下课跟好朋友一起跑去买零食,讨论着暗恋的男生才对。为什么我要莫名其妙到了这个鬼地方接受那么多非人的考验,还不小心害了这个世界的那么多人。

以前总觉得少女漫画的女主角很幸福,可以遇到那么多奇妙的事件,现在才知道她们太辛苦了,遭受的其实都是非人的待遇。

我正趴着魂飞天外,突然感觉手臂被人一把握住,疼得我惨叫出声,

整个人都被拎坐了起来。

瑾这个疯子，还是不想放过我吗，真的连让我静静死去的机会也不给吗？

我如果还有些力气，一定要狠狠地甩他几个耳光。可是现在却只能软软地任他抓着我还在渗血的手。

"你想怎么样都随便你吧，要一鞭一鞭抽死，还是一脚一脚踩死，都随便你。"我恨恨地对他说。

瑾却不屑一顾，直接伸手向我的领子："我说过不想杀的人，那就想死也死不掉。"

我傻傻地看他修长的手指粗鲁地扯开了我领口的扣子，愣了两秒，然后用了全身的力气尖叫。

"你想干什么？不要脸！滚——滚开！"

我坐在地上一边拼命地拿脚想要踹开瑾，一边使劲地往后退着。

"刚不是说随便我的吗？"瑾勾起一丝冰冷的笑容，再次向我伸出了手。

"你，不要过来，不要过来！"

我的眼泪像是一瞬间被吓了出来，奔涌而出，只能死命揪着领口，声音跟身体都抖得无法控制。

瑾对我强烈的反应不满地皱眉，我这时才注意到他的手上正拿着一个精美的半透明小瓶子，里面装满了褐色的粉末。

他不由分说一把拉过我，在我的尖叫声和拼命乱踢乱打中不耐烦地喝道："闭嘴！"

我魂都被吓飞了，如果不是极力支撑，恐怕马上就要晕死过去。

嘶——

布料被撕碎的声音让我的尖叫声都被吓停。

"妈妈……救我……"

我哭得一塌糊涂，然后感觉到了手臂的凉意，接着是一阵剧痛。

这个变态到底要干什么！

我猛然地扭过头去，看到我的校服连同里面的衬衫一起被撕了下来——只有手臂的部分。

瑾拧着眉心，正没好气地往我的手臂上的伤口撒着那些褐色的药粉。

我的第一直觉就是毒药。不过这种情况下毒药也好了，只要瑾不做奇怪的事情，愿意给我一个痛快。

"你果然是女的。"

瑾的声音突然淡淡地划破了一片宁静。

我瞪大眼睛看他，他的表情竟然完全不吃惊。他怎么会发现的，不是只看到手臂而已吗？

"莫名其妙，你才是女的呢！"我很想理直气壮地回嘴，却因为心虚脸悄悄地涨红。

"就算我是女人也不会因为衣服被扯就发出这么聒噪的高分贝噪音。"

瑾的一对蓝色眼珠直视向我，带着不耐烦和嫌弃，还有许多我不懂的色彩。

他低下头，又毫不温柔地一把撩起我的裤脚。

我极力克制住想要给他一耳光的冲动，看他将撕掉的衬衫袖子轻易地扯成长条形，无比熟练地包扎起来，我想就算在医院工作几年的护士都没有这么熟练的技巧。

他这是在干什么，包扎？疗伤？

我的脑门又开始发晕，可能是刚才的挣扎和尖叫用了太多力气，现在连分辨和辩驳的力气都没有了。

可是我不能让他知道我是女生，无法预料他知道后将会带来什么样的后果。我只能无力地摇摇头，小声地说着："我是男的，我不习惯跟别人碰触而已。"

"你以为谁都跟灿一样蠢，连这个都看不出来吗？"

瑾嘲弄了一声，将手中空了的瓶子随手甩到边上。

原来他早就这样怀疑了……我的伪装真的有那么失败吗？可是班上的同学都没有一个发觉的呀。

我紧张地摸摸手臂上被包扎的伤口，感觉药粉在上面带来的热力，不知道要说什么好。

再挣扎恐怕也没有用，我知道瑾不是随便可以糊弄过去的人。如果我再嘴硬，天知道他又会做出些什么举动。

"你假装男的进龙学园有什么目的？"瑾懒洋洋地注视着我。

受伤的手臂下面，隐蔽在手腕处的银手镯似乎感觉到了危机，流动着气息提醒着我。

"没有目的……"我心虚地移开视线，从小就不擅长撒谎，尤其是在这样的视线之下，我更是浑身不自在，"我只是贪玩……想进男校里看看。"

"哼。"瑾冷笑一声，没有再说话。

我不知道是我这拙劣的谎话让他懒得揭穿，不屑了解真相，还是有些微的可能他真的信了，只是对这种处境我感觉格外地坐立不安。

我迫切地想离瑾远一点，只想要快点离开这里。

转过头去，我发现洞外的剑雨不知道什么时候已经停止了，划破空气的"嗖嗖"声也没有再传来，变得一片死寂。

"啊，剑雨停了……这关过去了吗？！"我惊喜地叫起来，"那现在是不是可以去找他们了？"

没有人搭理我，我奋力爬到洞口，只是这么一点距离已经让我出了一身薄汗。

果然，四周的景象像是静止的画面一样，没有半点声音，无比陡峭的岩石悬崖看不到对面，也看不到底部，没有一点生命的迹象，浓浓的白雾静谧流动。

要怎么样下去呢……瑾肯定不会帮我的，可是我自己可以怎么做？

别说攀爬几乎笔直的悬崖壁，就算现在有条楼梯让我慢慢走下去，以我现在的身体状况可能拼死也走不到三分之一。

绝望和焦虑再一次涌上心头，我不想就这样放弃，绝对不能丢下他们不管。

他们都是那么好的人……

我低着头看着悬崖深处，眼泪一颗颗跟着掉落下去。

"可以走了。"

瑾的声音从背后传来，让我激动地回过头去。

他……他难道是改变主意愿意救他们了？

瑾对我伸出手，不等我做反应，一把钳制住我的手臂，轻易将我拎了起来。

我很想抱怨疼，却不敢在这个节骨眼得罪他。

"那……啊！"

我才想说话，就被他一把抱了起来，吓得直叫。

瑾抱着我纵身飞出洞口，视线豁然变得开朗，风刀迎面刮来，脚下就是万丈深渊，这种奇妙又心惊的感觉我大概永远也忘不掉。

瑾一跃出去就调整了身形，向悬崖边上突出的巨石飞去，踩在落脚点上面不到一秒，又飞速地向更高的地方轻灵跃去，像是有一根无形的绳子在天空中吊着他一样。

等等……这是向上走吗？

我反应过来的时候，发现瑾带着我已经到了悬崖上方。而前方……就是一片雪白的东羽森林。

他想要离开？真的丢下所有人离开吗？！

我最后的一丝希望都如海面的泡沫破灭，揪着瑾的衣领奋力想要挣扎出去。

他不愿意救他们我自己来！不管怎么样我都不会离开他们！

我的挣扎没半点作用，反而是瑾一踏到悬崖上方就嫌恶地松开了手，

放任我直直地摔在地上。

伤口扯动，痛得我的眼前又是一片乌黑。

"你这么想救他们，起来，站起来去救。"

晕眩中瑾的声音冷冷传来。

我咬牙想要站起来，一直疲软的身体像是到了可以负荷的尽头一样，抖了两下又摔了回去。

瑾气定神闲地站在我的眼前，像是看好戏一样，不慌不忙地等待着我。

"混蛋……魔鬼……去死……"

我气得已经口不择言，凭着这股怒气，我拼尽全力，摇摇晃晃地站了起来。

和瑾对视的时候，我能感觉自己的眼眶大概都变红了。他的神色也有点吃惊。

为那么一点吃惊我就觉得自己应该得意了，不过没得意过两秒，才一迈步，我就已经软倒，直直地栽下去。

在脸撞到地上之前，我看到一双手臂接住了我。

在那一瞬间我竟然迷迷糊糊又想起了飞宇学长。

搂住我的那双手，肌肤触到到的地方那么温暖，就像是飞宇学长在我不小心摔倒时，拉住我的手一样……

Chapter 3 走出东羽森林

"你要带我去哪里？放开我！"

我有气无力的抵抗没有作用，也没有得到半点回应。

瑾一路像拎小鸡一样毫不费力地半抱着我疾行，我想就算高速行驶的车子速度大概都没这么快。

四周的景物都在呈一直线飞速后退，弄得我更加晕起来了。

一直到了一块画着法阵的平地，瑾站到法阵中间，闭上眼轻声念了一个口诀，随后手向半空一挥。

四周的景色竟然变成了一片白茫茫的天地，像是除了白色不会存在其他任何颜色。

这是东羽森林，我们回到了东羽森林！

瑾真的打算回去了，回到学园吗？真的要丢下同伴们不管？可是哈雷之钻都掉到悬崖下面了，他回去还不是没有赢得比赛吗，回去又怎么交待？

我又挣扎了两下，瑾箍着我的手更加用力，而且很恶意地按在我手臂受伤的部位，疼得我直抽气。

我愤愤地骂："你想回去就自己回去啊，非要带着我干什么！"

瑾垂眼看了看我："因为我愿意。"

"我不要回去，你没有权力强迫我！"

"我没有权力，但我有这能力。"

"……"

这个恶魔真是可恶到了极点，可是我偏偏没有一点办法。这个时候我真的恨死了自己的软弱无力。

东羽森林的魔兽们闻到了活人的气息，稍安静下来就能感觉到它们正开始蠢蠢欲动。

我和瑾身上本来都有许多伤口，那瓶原以为是毒药的东西很快让我的伤止住了血，再加上包扎，我大概是捡回了一条小命。不过瑾的肩膀上还有一处比较深的伤痕，可能还在流着血，他也没有处理一下，根本不当一回事。

我才不是关心瑾身上的伤，只是听到四周越来越凄厉和接近的悲泣声，他身上的伤口散发的血色又引来了无数的血蝴蝶。

那些灰白的蝴蝶如爆发出来的礼花，漫天纷飞的纸片，扑打着从森

林深处向我们靠拢。

看到它们我又想起了之前的景象，除了头皮发麻，更多地想念起现在不知身处何地的灿和信……

瑾没有放开我，只用一只手抽动光鞭，蓝色的光影几乎形成一个圆形护罩，将我们保护在屏障里面，任何靠近的生物都瞬间被抽打得灰飞烟灭。

那些没有吸到血的蝴蝶化做粉尘散落在我们四周，堆了满地。还好没有血迹喷出，不然可以想象会是多么血腥的场面。

瑾的肩膀已经受了伤，还要对付越来越多的蝴蝶，虽然他连眉头也不皱一下，但我心里也不得不生出些担忧。

他带着我一边攻击一边移动，速度还是很快，不过体力消耗一定非常大，连什么都不用做的我都感觉快要呼吸不过来了，更何况是他。

"你放下我，自己走吧。"我去拉他搂在我腰际的手。

"怎么你还有兴趣跟我扮高尚？"瑾一边挥动光鞭，一边沉着地说话，我能听出他的气息微微地有点乱。

"我知道我只会拖累你，而且我也不想丢开其他人离开。你不是想看我痛苦地死去吗？让我在东羽森林里自生自灭，肯定能如你所愿。"我一鼓作气地说着，表达出对他最大的善意企图说服他。

"想被我打晕的话你就尽管废话。"

瑾完全不领情。

他带着我继续前进，一路上不知道杀掉了多少蝴蝶和跟着游荡出来的怨灵。不经意还有脚上的毒藤会突然缠绕上来。

感觉有毒藤攀爬上自己的脚，我不由得急呼了一声。

瑾没有空余的手去处理，我想这回我们大概完蛋了，没想到他的脚高高地一踢，竟然也快如闪电，将毒藤勾了起来，断做几截。

还好被藤蔓爬过的地方都有衣物挡着，不过我也能感觉到那些部位在渐渐地发麻。

东羽森林远比想象中的更加可怕，所以莎拉学园长才会要龙盟和星盟的人一起参加比赛，一个人的力量再大恐怕也很难应付这么棘手的状况。

我以为瑾已经很疲惫了，心里暗暗盘算着也许可以借机会脱身。不过抬头看到他的模样，竟然还是那么狂妄和霸气，像是从来没有把这些魔物放在眼中，让我不由为之恍神。

连续的战斗让瑾看上去有些嗜血，表情像剑一样凌厉，散发着更大的压迫感。那种气势使得魔物们的进攻都不再那么疯狂，变得踌躇起来。

不知道过了多久，就算我不敢相信，我还是看到了森林的边缘。

树木变得稀疏，魔物们越来越少，悲鸣声离得越来越远……

直到瑾带着我踏出雪白的边界，那一刹那，我看到他本来白色的头发和眼眸变成蓝宝石一样的美丽色泽，还有点反应不过来。

好像已经过去了很久很久，我连颜色的存在都忘记了。

看了看四周，那么缤纷的色彩，我们又回到了这个对我来说其实还是陌生，可是却感觉无比亲切的世界。

我们真的活着从东羽森林走出来了……

本来应该很庆幸才对。可是只有我们，只有我跟瑾。我们是六个人进去的，加上后来的泷，七个人到现在竟然只剩下两个。让我感觉恍如隔世。

看到这个世界满是温暖明媚的色彩，那么美丽的景象，却更让我油然而生出更大的悲痛，鼻子马上酸了起来。

想到那些一直保护着我的身影，我没法控制地流下眼泪，咬着唇将声音压在喉咙里。

瑾没有理睬我，继续带着我前行。

我的眼睛被泪水模糊住，不过很快也感觉到了不对劲。

"龙学园在另一边，你要去哪里？"

他还是不屑回话，自顾自地半抱着我走。

"喂，你这个神经病！到底是想干嘛？我要回学园，放开我！"

所有的怒骂都没有得到一点回应。我惊慌地看着自己离学园的方向越来越远。

瑾的速度说行走不如说是疾驰，像是随着强风被刮飞的枯叶一样，只要轻轻一落地，就可以用优美的弧度跃出很长一段路程，比在东羽森林更加轻松优雅。

我没有心情欣赏这些，直到不知过了多久，我们到了一个独栋的房子面前，看上去像是别墅又非常的简洁。

我不知道瑾带我来这里干嘛，他的行为一切看起来都异常笃定却又叫人茫然。

瑾还没走到门前，就有一个中年的妇人打开大门走了出来。她的神情严肃刻板，看到瑾和我，视线只是很快地从我身上扫过，马上躬身行礼。

"三王子殿下，您回来了。"

三王子？回来？这个别墅竟然是瑾的居所吗？

"疯子，你带我来你家做什么！"我怒目相视，无礼的态度让旁边的妇人皱起眉头。

"当然是要好好招待客人了。"

瑾的嘴角勾起一丝冷漠的弧度，他抱着我，不等妇人打开大门，抬脚一脚踹开。

别墅里面的装潢依旧简洁明亮，所以显得格外宽敞。

瑾一进门，门边就有三个年轻的女孩穿着制服对他行礼。

"欢迎三王子殿下回来。"

其中一个女孩小心地抬了抬头，本来泛红的脸颊在看到瑾身上的伤时一瞬间变得惊慌起来。

"三王子殿下您受伤了！我马上为你准备伤药。"

"不要来打扰我。"

瑾看也不看那些女孩一眼，冷冷地丢下这一句，径直带着我上楼。

我实在没有力气再挣扎，只能带着求救的眼神看向那些女孩，希望她们能帮帮我。可是她们全部都低下头去，静静地退开。

一个房间门又被瑾踹开，他一走进去，我就再次被毫不留情地丢到了地上。

还好地面上有厚厚的毯子，不会让我感觉太疼。感觉到瑾关门的动作，我马上警觉地坐直。

这个房间很大，没有多余的装饰品，最吸引我注意的是正中的那张浅蓝色的大床。

意识到这里很有可能是瑾的卧房，我的汗毛顿时根根竖起。

他才往我这里迈了一小步，我就忍不住全身发颤，尖叫着向后退。

瑾没有因为我的恐惧而停下脚步，根本不当一回事地往前走着，在把我逼到墙角快要踩上我的时刻停住。

"你弄脏了我的地毯。"他嫌恶地说着。

我定了定神，发现浅色的地毯的确被我弄得灰一块白一块，还有一些浅红的血迹。可血迹不是我蹭上去的，瑾在指责我的时候，像是没发觉他自己也是穿着有血污的鞋子直接走进来，全部都推到了我的身上。

"那又怎么样，嫌脏你大可以把我丢出门去！"我又往墙壁上靠了靠。

"我带你进来，就不会把你丢出门去。不过你可以选择自己进去洗澡，还是让我把你丢进去。"

瑾说完眼睛一斜我旁边的门，我不禁随着他的视线看过去，房间的门是半开的，一眼就能看到门里的景象。

是浴室……我只看一眼就紧张地扭过头来。他想干嘛？

不管他想干嘛，我都打定了主意不去理会，用充满敌意的目光去伪装自己的害怕。

瑾眯起了眼睛，像个高贵的骑士那样半跪下来，可是接下来的动作却跟骑士大相径庭。他一拳砸在了我脸旁边的墙壁上，我可以感觉到整个墙壁的震动，克制不住地闭上眼睛惊叫起来。

"我的耐性并不是很好，没兴趣跟你重复说明，不要一再挑战我。既然你自己不做选择，我来帮你。"

他慢慢地说着，轻柔但是狠辣的话让我不由为之打一寒颤。

说完他又轻易地拎起我，大跨步地走进浴室，随手把我往纯白的大浴缸里一丢。

只是这么一天不到的时间，失去了泷、灿和信他们的保护，我再清楚不过地感觉到自己的软弱无用，以至于现在，总是像不值钱的行李一样被随意地丢来丢去，尊严尽丧。

把我丢进浴缸后，瑾留在旁边没有离开，在我瑟缩着想要逃开的时候再一次抓住了我，并且拿着花洒直接对着我的头淋下来。

刚打开的花洒水还是冰凉的，水流打湿了我变短的头发，再从领子里流向背后和胸前，把我冻得一个激灵。

我再也忍不住，一边试图阻止住瑾恶劣的举动，一边口不择言地骂起来，眼前一片模糊，根本分不清是水还是眼泪。

我知道自己的抵抗都是徒劳无功的，不过意外的是瑾并没有继续下去，而是把花洒往我身上一丢，他往门外走去。

"你最好自己洗干净，如果非想要别人帮你洗，我也不介意。"

他丢下这句话，一把将门甩上，关门的巨大声响又让我一抖。

太讨厌我自己了……为什么我会让自己沦落到这种任人宰割的地步。

终于一个人独处的时候，我捂着嘴巴让眼泪肆无忌惮地流出来，无声地哭得上气不接下气。

花洒的水已经很快变得温暖起来，可是我却无法感觉到暖意，整个人像是置身冰窟一样冷得入骨。

我并不是一个人独处，瑾也许就在外面，想到他在离我很接近的地方，我就永远不可能得到温暖。

想到这里我慌忙地爬出浴缸，因为虚弱打滑了好几次，非常狼狈。

好不容易半爬半走地到了门边，我却没有勇气打开门，犹豫了几秒还是从里面反锁住。

我不敢激怒瑾，他太可怕了，我永远猜不透他下一步要做什么。

跌跌撞撞地爬回已经满是热水的浴缸，战战兢兢地脱下衣服。虽然在洗澡可是身体一直没办法放松，我强迫自己打起精神，不在疲惫中丧失意志，心里想着逃跑的对策。

虽然现在的状况我想不出一点办法，但还不想这么快认命，告诉自己，哪怕只剩最后一口气也要跟这个恶魔对抗到底。

门外突然传来门把转动的声音，让我像是惊弓之鸟一样弹了起来。

Chapter 4 恶魔之吻

听着门把转动的声音，我连大气也不敢出，拉过脱下来的脏衣服挡在胸前，紧张地盯着门口的位置。

门又被轻轻敲了两下，一个甜美的女孩嗓音在门外响起。

"小姐，您在里面吧？我给您拿来了换洗的衣物。"

听到不是瑾的声音，让我放松了许多，却依然不敢太过放松。这个时候我不想开门去拿，也不想要见到任何人。

"你把衣服放在门外……"说完我就马上后悔了，我都不知道瑾是不是还在房间，难道要赤裸着身体出门去拿衣服吗。趁女孩没走我赶紧补了句，"不不，还是我现在过来拿好了。"

"是，小姐。"

女孩温柔有礼的声音让我有同龄人的亲切，就拿了一条浴巾大着胆子扶墙走到门边。

将门打开了一小道缝，我用最快的速度猛地将衣服扯了过来，然后

马上关门反锁。

对门外的女孩有点不好意思，瑾真的给了我太多危机感，在陌生的地方，而且是他的地盘之下，我整个人都跟刺猬一样炸起刺来。

因为热水的关系，我可以顺利将缠在手臂和脚踝上的临时绷带解开，瑾的那些不知名的药粉还挺管用，伤口虽然还是很疼，却没有流血了，甚至连结痂的部分都非常小，可能不会留下疤痕。不过我已经不想去管什么疤痕不疤痕的了，站起身随便地冲淋了几下，就连忙要套上衣服。

这个时候我才发觉衣服的不对劲。是镶缀着浅色蕾丝的蓬蓬裙，俏丽优美，这是女孩子的衣服……

刚才那个女孩也一直叫我小姐，我竟然直到现在才注意到，肯定是瑾告诉她的。

我的性别反正已经被识破了。自从来到这个奇怪的地方，我就一直没有再穿过女装，现在还有点怀念起来，虽然这种情况下我更想用男装来保护自己。

看看校服不是沙就是血，还破了好些口子，已经不像样地没法再穿上去了，我只能硬着头皮穿上这漂亮的裙子。

柔软的布料，合身的尺寸，在风沙中摸爬滚打了这么久，换上了干净的衣服，我整个人都像活过来了一样。

穿好衣服我却迟迟不想打开浴室的门，虽然外面什么动静都没有，还是觉得一走出去就要面对很多可怕的状况。

苏秒秒……勇敢一点……没什么可怕的，勇敢一点……

我这样给自己心理建设了很久很久，直到那只没受伤的腿开始撑不住地酸软，才狠下决心，拧动了门把。

整个卧室里都非常安静……从我这个角度看过去，床上并没有人，窗边也没有。

我小心翼翼地打开门，走了出去，略一扭头就被另一边的人影吓得后退了几步。

"您好点了吗？衣服还合身吗？如果有别的要求请尽管吩咐。"

一个金黄色齐肩发的女孩对我微微鞠躬。

我记得她就是那个对着瑾紧张不已，脸上有掩饰不住的红晕的女孩。应该就是他的仆人吧？

要伺候瑾这样的暴君，真是太令人同情了，她似乎还对他爱慕有加，真是不能理解。

"没什么……"我不敢放松警惕，"你在这里做什么？"

"啊。"女孩笑了起来，"我看到小姐您受伤了，在给三王子拿药的时候就为您也预备了一份，王子殿下让我为您换药。"

我看到她手上拿着的药瓶，摇摇头说："不用了……瑾……那个三王子现在在哪里？"

"他在客房中沐浴，应该很快就会过来了。"

女孩用安慰的口气跟我说，她完全不知道这对我来说才是最令人不安的状况。

"抱歉，我只是路过来打搅一下的，还有别的事，还是先走了。等三王子过来麻烦你跟他说一下吧。"

我急冲冲地扶着墙边的柜子、墙壁、一切可以依靠的物体想往门外走去，却被女孩着急地拦住。

"不好意思，这可不行，王子殿下吩咐过了，您不可以离开这里。"

"我要离开，要留下，都是我的自由。这里不是他的国土，他凭什么安排我的走留？"

我一着急，就用力地想要挥开女孩挡着我的手。

意外的是我挥不开，那个纤弱的少女竟然有着非常大的力气，强硬但是温和地制止着我想要出门的意图。

"对不起小姐，请您原谅，我必须得听从王子殿下的命令。"

那个女孩一边说着，一边将震惊的我小心地领到了床边坐下，然后用很温柔的力道为我的伤口上药包扎。

没想到我已经没用到连一个差不多身形的女孩都抵抗不了，这到底是个多么糟糕的世界！

我只能放低姿态哀求她："拜托让我离开好不好，我有几个朋友不见了，很想去找他们。"

"您还是先治好伤吧。"女孩低头半跪着为我的脚缠上绷带，悠悠说着，"您是主人重视的朋友，到时候可以叫他帮忙。"

"我是他的朋友？找他帮忙？"我都忍不住被刺激得狠狠咬了咬自己的嘴唇，"找这个魔鬼帮忙，让我们死得更快一点，更痛苦一点，离地狱更近一点吗？"

"您为什么这么刻薄。"女孩抬起来头来，眉头轻轻皱着，竟然像是对我的话不满，"王子殿下其实是个很好的人，他只是……"

"我并没有让你在这里聊八卦，你还聊得挺开心的。"

一个冷冷的声音从卧房门口传来，让我和女孩惊得一愣。

刚沐浴完毕的瑾似乎是看到我的样子，他也为之微微一怔。

他换上了干净的私服，半湿的蓝色长发不再如尾羽般飘扬，像是漂亮的丝带般垂垂地挂着，额角颊边的发丝还滴着小水珠，顺着精致的脸庞往下滑落。连深蓝的眼珠都像是错觉一样，显得更加雾气邪魅。就算我现在恨死又怕死了他，可是也不得不承认，他的外形有着致命的吸引力，那种让人堕入深海之中一般魔性的美。

这跟飞宇学长几乎一模一样的俊美外形……直到现在还是让我不能抗拒地从心底里被吸引吗？我为自己感到悲哀。

"对，对不起，王子殿下，对不起！是我多嘴了！"女孩紧张地站起来连连鞠躬，开始结巴起来。

"知道自己多嘴，就把不必要的嘴割掉好了。"

瑾慢慢地走进房间，沉沉地说着，强烈的压迫感让我都有点透不过气来。

他竟然对这么娇弱的女孩说这么可怕的话，看到女孩微微地颤抖着，

我瞪大眼睛，又忍不住开始多管闲事。

"她是在说你好话！虽然是在违心说你这个变态好，也算是说谎，不过就算要指责处罚也轮不着你来……"

瑾听到我的插嘴，侧过脸在我脸上轻扫了一眼，只是一眼就让我马上停了口，开始后悔自己的冲动。

"滚出去！"

他的一声怒喝让我和身边的女孩都大大地震颤了一下。

女孩一句话也没说，低着头几乎是飞奔一样地走出去，到门边行一个礼，匆忙地关上了门。

她关门干什么？留下我在房间里干瞪眼。

这句"滚出去"如果是对我说的话，我不知道该有多高兴了。

"你似乎对我有很多不满意。"瑾用轻轻上挑的凤眼居高临下地看着还坐在床上的我。

我不自觉地往后挪了几寸，嘴上却不甘示弱："你应该问，你有没有一点值得我满意的地方？"

他竟然低低一笑，笑得我心里发毛。

"没错，我就是喜欢你恨透我的样子。"

"你这种人要找人恨还不太容易了，我想除了瞎了眼的没人会不恨你，所以你干嘛非要挑上我！我就算得罪了你，你也报复得差不多了吧！"我气愤地直视他，越说声音越大，到后面几乎都有些嘶哑。

"谁说差不多了，还差得很远呢。"他突然弯腰，将脸凑近我，在我想要逃开的时候扣住了我的手腕，身上沐浴后的清爽气息也随之传来。

一缕蓝色发丝垂了下来，几乎就要碰触到我的鼻尖。

我在那一瞬间有一点分心，不过马上让自己回过神来，恨不得将所有的嫌恶都堆到脸上。

瑾的视线又往下落，邪气地勾起嘴角："女孩子的衣服也挺适合你的。"

我愣了愣，手暗暗握成拳："你有多余的校服吧，我要换回来。"

"你很害怕我会对你做些什么？"他的眉角眼梢都带着不屑的轻佻。

"没有，我知道你看不上我这种货色。"我正色澄清，"我只是不知道你这个变态会做些什么。"

"如果我说，我这个变态的确想对你做些什么呢？"

瑾的声音低沉中带着暧昧，贴在我耳边轻轻地说着，还带着温热的气息拂动着我耳际的皮肤。

我的汗毛根根竖起，想也不想就伸两只手去推他，可是手才推出去，就被他的手握在掌心，动弹不得。

"别玩了……走开！放开！变态，魔鬼！"

我奋力地想要拉回自己的手，气得恨不得想杀了瑾，或是杀了没用的自己。

瑾纹丝不动地拉着我，看着我紧张嫌恶的样子，脸色一变，冰蓝的眸子渐渐发沉，让我更是恐慌。

我感觉到他的逼近，急得想要逃开。人跑下床，只有手还被抓着，几乎就要摔到地上，然后瑾微微一用力，我又被猛地拉了起来。

我整个人就撞到他的怀里，惊叫一声。

我惊叫的后半截被堵在喉间，嘴唇被同样柔软的嘴唇封住。

这种触感……那是……他在吻我？！

说是吻，更像是一种复仇般的噬咬，瑾柔软的唇没有带一丝感情，只有冰冷而又疯狂的恨意，残酷的掠夺。吞没我的声音，淹没我的神智。

我感觉自己是被冰冷的风包围，席卷到半空，不能上天，不能入地，一切都不能控制。

双手不能动弹，腰也被瑾的手勒住，我根本没法挣扎，只能在回过神的时候狠狠咬向他。

血腥的味道弥漫在我们的唇间，可是瑾没有松开我，仍然像是不知道痛觉一样啃咬着我的嘴唇，像是被激怒的野兽一样，让我心惊也更加

痛楚。

这是我的初吻，竟然献给了瑾。怒意和更多说不清的情绪让我脑中像烧起来了一样，糊成一片，除了本能的反抗已经不知道自己身处何地。

不能说话，不能呼吸，比死还要难过。

瑾终于松开我的时候，我直接滑坐在床下，软得像是没有骨头一样。

他冷冷地看着我，唇畔还有被我咬破时流出来的血迹，华美得如同盛开了一片血色樱花。

我坐在地上也盯着他。喘着气，浑身颤抖，过了很久才意识到自己不知何时已经泪流满面，大颗大颗的眼泪往下掉。

从来不知道自己可以这么恨一个人，我知道瑾肯定也更恨着我，才会想到用这样的方式折磨我。

瑾的脸色也非常难看，再也没有故作的轻佻暧昧，一片阴冷的铁青。

我的牙齿都开始咯咯打架，我知道床头的旁边有一把精致的小刀，刚出浴室就偷偷注意到了。

在我们陷入僵局的时候，我在想怎样用最快的速度将小刀拿到手里，对准瑾，或是对准自己。

门外突然传来敲门声，中年妇人的声音响起。

"王子殿下，打扰了。大王子刚刚来电，请你火速回国一趟，有要事相商。"

瑾顿了顿，皱眉说："知道了。"

在瑾侧过头说话的同时，我已经抓了小刀猛扑了过去。

我不知道自己想扎向哪里，只是强烈的危机感让我丧失了思考能力，只想攻击眼前的人。

在我跌在地上的时候，小刀也就势滑了下来。瑾都没有动一下。

我看到了他的手臂被割开了一条长长的伤，开始流血。

从来没想过自己真的可以伤到他，他只是没有躲开，他为什么不躲开？

我被血吓到，愣在地上，忘了自己曾想置瑾于死地。

房间里面扑扑通通的声音让门外的妇人紧张地询问："王子殿下！是出了什么事吗？"

"没事，你退下。"

瑾还是冷淡地开口，气息没有乱一下。

他任由伤口流着血，看到我吓傻的样子，重新勾起讽刺的冷笑。

"下次要划咽喉。废物就是废物，给你机会都不知道利用。不过，你也捡回了一条小命。"

他站起来，让我握住刀的手都吓得一松，带着鲜血的刀直接掉到地上。

"你很想摆脱我，很想我死？"

瑾这样问着我，却没有让我回答的意思。

也不等吓呆的我说什么，他一手用几乎可以拧断我的颈骨一般的力量，狠狠地掐在我的喉咙上。

疼痛和窒息让我的眼泪不能控制地流出更多，脚也无力地在地上蹬起来，可是没有办法拉开他的手。意志越来越模糊，我索性放弃，不再徒劳。

在他的手上，也许这样死掉反而比较轻松……

瑾却在我翻白眼的前一刻松开了手，任由我伏在地上咳得厉害。

"我就让你永远无法摆脱我。"

恶魔如来自地狱中的声音又响在耳畔。

花样龙之国 二

第八章

风吹来的国度

"短短的时间，你就这么在意他们了？感情深厚到连自己的性命都可以不管？真是感人。"黑帽子恶毒地说着，"就不知道他们是不是跟你也有这样深厚的感情了。各位王子，不希望我将她马上烧成骨灰的话，把自己的琉之钻交出来吧，我知道你们都愿意的，不要浪费时间。"

Chapter 1 风之国

几天后，我坐在有着巨大螺旋桨的木制空中飞船上，来到了富饶繁华的风之国。

这一切都不是我自愿的，我连在从飞船上往下跳的自由都没有。

也许瑾本来并不想要带上我，不过在我无数次想尽一切办法逃跑未遂之后，他临走一刻，二话不说将我揪上了飞船，并让我换回了男装，瑾的校服对我来说尺寸太大，只能挽着裤脚和袖口。

我已经学乖了，从那个可怕的吻之后，再也不敢轻举妄动。

还好这几天瑾没有再对我做什么，只是态度一直冰冷，他就算不用动手，也有的是办法让我坐立不安。

飞船行驶的时候我就一直被困在船舱里，一直到下船，才俨然看到面前那座无比宏伟奢华的王宫，壮丽的景观看得我目瞪口呆。

瑾下船后沉默不语，对着宏伟的王宫甚至厌恶似地皱起眉。看着他线条优美的侧脸，直到这一刻我才意识到瑾原来是个真正的王子。

不过没有多少人来迎接这个三王子殿下，只有一个高傲的仆从等候在降落的空地边，向我们走来。

他下巴抬得比天还高，几乎是用命令的口气说话。

"三王子殿下，欢迎回国，大王子殿下正在等候你。不必向国王和皇后禀报了，他们大概不太想看见你。"

我真不敢相信竟然有人敢这样跟瑾说话，他不是王子吗，性格又比暴君更恐怖。

可是瑾没有说什么，只是当那个仆从不存在一样，下了船就径直迈开大步走他的，当然手里还拉着跌跌撞撞的我。

高傲的仆从被瞬间甩得老远，瑾一路拉着我大步向前，走进华美的宫殿。

遇到的状况让我很讶异，以致于无心去看宫殿的装饰是有多奢华。无数穿着礼服或制服的人与我们擦肩而过，可是却很少有人向瑾行礼，更有甚者，看到他便露出嫌恶的眼神窃窃私语。

我原以为瑾是个被每个人捧在手心里宠坏了，所以格外不可一世的王子，怎么也没想到他竟然会遭到这样的冷眼相待，实在大出我的意料。

我们绕了不少路，一直走到一个非常僻静的偏殿，虽然比起普通的居所还是豪华许多，不过阴暗偏远，仆人也很少，看上去疏于打理，在整个宫殿中显得那么不起眼和灰暗。

瑾带着我走进去，侍卫向他行礼，我才知道这是瑾的住处。

瑾永远都是用甩的，将我随意甩进一个小房间里，警告着我："在这里等我，别妄想自己逃走，我会让你很后悔。"

又这样被无故囚禁。我咬唇，看着瑾准备离去的背影，突然很想出心里那口闷气。

"你把我带到这里干什么，让我同情你，可怜你这个不受宠爱的王

子？"

我都为自己说出口的话暗暗心惊，可是一直以来所受的折磨，让我很想看到瑾屈辱的样子。

他回过头，转身，走向我。

对着那么如同深不见底的寒潭般的眼眸，我抑制住自己想要后退的恐惧，直直地看着他。

"你总是很喜欢挑战我，难道是期待我怎么堵上你的嘴？"

瑾笑起来，一只手抚上我的脸颊，游移到下巴的地方，再狠狠扣住。

我皱起眉，心里感叹自己的发傻，总是说话不经过大脑。

"咳……瑾，你回来了。"

一个温和如春风般的声音从瑾的背后传来，打破了我们之间的僵局。那声音竟然一下子让我想起来了飘渺的信。

瑾回过身，我也看清了来人，是个衣着非常华贵的青年，也有着与之匹配的高贵气质。

他的蓝色眼珠里全是亲切宜人的笑意，一头浅蓝色的头发，跟瑾的感觉完全不同，五官却似乎有一点相似，只是比起锋芒毕露的瑾，这个人的外形还是平凡了一些。

瑾看了看他，脸色也没什么变化，还是冷淡孤傲，只是松开了扣住我下巴的手。

"我知道你回来了，想你大概不愿意去我那里，就自己过来了。"华贵青年对瑾无礼的态度不以为意，还是笑眯眯地跟他说话，又转头看了看我，调侃起来，"我一直以为你不会喜欢人，原来是喜欢男孩子。还穿着龙学园的校服，你是瑾的同学啊，你好。"

"你好……"

我愣了愣，没想到还会有人愿意这样跟瑾说话，像是多年的老朋友一样。瑾这种人也会有朋友吗……还是温和高贵的人。

"哼。"瑾冷哼了一声，"你找我回来有什么事。"

我还记得是大王子找瑾回风之国的，原来眼前这个亲切又有点随性的青年就是风之国的大王子，瑾的哥哥……怪不得长得有一点像，虽然气质完全不同。

　　哥哥看上去是很好的人，弟弟却这么恶劣。

　　"唉，你还是这么冷冰冰的，我想念自己的弟弟，让你回家也不行吗。"大王子叹了一声，伸手想要去摸瑾的头，却被瑾灵敏地避开。他依旧笑笑，收回了手，正色地说，"王都的西部出现了非常强悍的魔兽，已经让我们损失了无数战士，父王希望你可以去收伏魔兽……以我的名义。"

　　瑾像是习以为常一样，淡淡地瞥大王子一眼，没有说话。

　　"我劝过父王，让他不要总是利用你为我收买民心，不过他很坚决……"大王子为难地低下头，"这次的魔兽非常危险，我不希望你去冒险。我过来是想告诉你，我已经决定了自己去收伏，只要带上精英骑兵，相信一定没有问题的。"

　　瑾还是没有说话，让大王子的表情越发尴尬起来，连旁观的我看着都有些生气。

　　哥哥这样温柔地跟弟弟说话，可是弟弟却总是一副被欠了几百万似的臭脸。

　　"反正你也回来了，难得回国，就在宫里多待一阵吧，还可以带你的同学参观参观。"大王子想再伸手拍拍瑾，迟疑一下还是收了回来，又看了看还在发呆的我，"瑾可是第一次带同学回来哦，你们感情一定很不错，好好地游玩一下联络感情吧。"

　　我瞪大眼睛，赶紧反驳："我们才没有感情很好！才不需要联络感情！他……他……"

　　接下来的话让我在看到瑾之后吞在了肚子里。我可不想当着哥哥的面肆意攻击他的弟弟，也不想面对攻击完的下场。

　　"那你们先休息，我去处理魔兽的事，回来再来招待龙学园的小客

人……如果我能回来的话。"

大王子温柔又苦涩地对我们笑了笑，转身就要离开。

"我去。"

瑾突然冷冷地开口，让大王子停住了脚步，也让我非常惊讶。

"不用。"大王子回过头来，已经是眉头深锁，"我自己可以处理。一直以来我都对父亲这样做非常反对，不可以再这样下去了。你可是我的弟弟，就算我再没用……也不能利用你。"

"我说了，我去。"

瑾沉声说道，像是没有感情的生物。

"你没听到我说什么吗，这非常危险，我不该听父亲的话把你叫回来。不过现在还来得及。"

"我已经回来了。"瑾盯着大王子，神色开始有一点不耐烦。

大王子看着自己孤傲的弟弟，深吸口气："你确定你要这样做？"

这回瑾没有说话，直接往门外走去。

不过他又回头看了我一眼，"看住她，别让她乱跑。"

这个时候他还想着囚禁住我吗？枉我听说魔兽很危险的时候还小小地担心了一下。满腹的怨气和怨气让我几乎又要骂出声来，不过努力地压制了下来。

巴不得这个变态快点去解决那个危险的魔兽，叫魔兽吃掉最好！

况且瑾离开了对我有好处。这个大王子看起来人很好的样子，到时候只要去求他，我相信他一定会明白事理放了我的。

想到这里我不再争辩，只是低着头，连看也不看瑾一眼。

就算我不去看瑾，也能感觉他像风一样地消失在了门外……

真的一回国就要去收拾据说很危险的魔兽吗，不是说很多战士都丧命了吗……他连自己的父亲和母亲都没有见上一面。瑾跟我想象中的风光无限南辕北辙。

我竟然又在滥好人地有些同情起他来。想想自己有多好笑，瑾哪里是需要同情的样子。

那个大王子叹口气，对我说："有什么问题随时可以来找我。"

说完他也匆忙地追了出去，房间里只剩下我一个人。

门口的侍卫阻拦了我想要一起跑出去的动作，看来我还得想个办法才能脱身。

Chapter 2 阴谋

瑾遇到的魔兽比我想象中的肯定棘手很多，本来以为以他无与伦比的身手，只要过去解决了就可以回来，可是已经过去了一天一夜，却完全没有他的消息。

我也曾向侍卫打听瑾的行踪，可是却没有人理会我，在我说到瑾的时候，每个人的表情不是轻蔑就是讳莫如深。

我已经没有心思去分析这是怎么回事，只想让自己赶紧回到龙学园，赶紧请学校的老师们去救泷他们。一想到他们我就忧心不已。

再一次往门外走去，我又再一次被侍卫拦住。

我气得直跺脚："只是出去走走也不可以吗，我又不是犯人！"

"大王子有令，你不得擅自外出。"对方一板一眼地回答着。

"可是大王子之前也已经说过了，有什么问题随时都可以找他，我现在就要去见大王子，有很要紧的事要说！"我努力让自己摆出些威严的派头，想要唬住守卫。

大王子的话真比瑾这个三王子的管用很多，侍卫们果然犹豫了起来，最后还是决定妥协。

两个侍卫带我走出小房间，一前一后指引着我，穿过无数走廊，经过别致的花园，最后来到一个格外美轮美奂的宫殿，跟瑾的居所不可同日而语，侍卫告诉我那就是大王子珏的寝宫。

同为王子，为什么会有这么大的差别……我看着高大庄严的白玉石壁大门，有点傻眼。

侍卫们被挡在了大门外，由仆人带我往会客室里走去，让我在那里慢慢等待大王子。

我坐了一会儿，也没看到仆人有帮我通传的意思，忍不住问："请问王子什么时候才能来见我？"

"王子殿下有些不舒服，还在休息，一会皇后还会过来探望他，我们当然不敢打扰，他们什么时候谈完我再帮你通传吧。"仆人爱搭不理地回答我。

我皱起眉。除了和善的大王子，整个风之国王宫的人都是这样倨傲的派头，怪不得瑾也是这么讨人厌的。

又枯坐了一会儿，那个仆人突然被另一个人急忙地叫走，临走时警告我先好好在这里坐着，不准乱跑。

他说不准乱跑，我就真不乱跑吗？我才没有那么听话。

坐了这么久我闷得不行，就在庞大的宫殿里走了起来。

也许是发生了很紧急的情况，仆人们全部被叫走了，宫殿里显得非常冷清。

我想这样刚好方便逃跑，不过宫殿大得离奇，我走到现在俨然已经搞不清楚自己正置身何地了，只好像没头苍蝇一样乱撞起来。

直到来到一个房间门外，我似乎听到了大王子的声音，就不由走上前去，听到他正在和一个女人说着话。

大概是皇后到了，我有些紧张，本来想要马上离开，可是紧接下来他们交谈的内容，困住了我前进的脚步。

"真不知道你父王怎么想的，总是叫那个贱种回来，看到他我就心里极其不痛快。你要向你父亲证明，你的能力并不在那个贱种之下，只要带上最好的战士，根本不用让他替你出战，也不用做那么多善后的工作。"

一个妇人的声音响起,高贵中又带着些狠毒,难道这就是皇后?

可是她在说什么,贱种?替大王子出战?难不成是瑾?!

可是瑾不是王子,不是她的儿子吗?怎么会有人这样咒骂自己的儿子?

我愣愣地傻在了原地,再也挪不动步伐。

"母后你不必生气,父王都是为了我好。"大王子平静温和的声音响起,"我的能力对付那种魔兽确实还有些勉强,如果失败的话会降低我在无知的民众们心里的威望,反正有替死鬼,赢了就说是我战胜的,失败了就怪到瑾的头上,何乐而不为,我也省了那份力气。"

我倒抽口气,又马上捂住嘴巴。

实在不敢相信自己听到了什么,那个温柔亲切的大王子竟然说出这样的话,连语气都没有变一下。

简直让我毛骨悚然……

"可是我不愿意看到他,每次看到他,我就会想起那个卑贱的女人!我们用了那么多办法才让你的父王嫌恶这个贱种,让他相信国家会毁在这个贱种手上,可他一次又一次地替你收伏魔兽,难保你父王会越来越肯定他的能力,开始欣赏他!我不愿意等到那一天的到来。"

皇后的声音变得更加激动,也听得我身上更加发寒。

不知道那个卑贱的女人是指的什么人,不知道他们用了那么多办法,又是些什么样的办法……

宫廷中的斗争我只在电视里看过,没想到面对起来这么叫人心寒。哪怕是发生在瑾的身上。

"母后,这一天永远都不会到来,在来临之前,我会先解决了他。"大王子仍然是云淡风轻地说着,"这次的岩魔非常强大,那个贱种大概已经被撕成两半了,我让士兵们只要做做样子就好了,不用真的帮忙。就算他可以胜利回来,我也能找到办法消灭他。"

"可是你安插在他身边的眼线一点用都没有,到现在他还好好地活着！"

"毕竟我从小就对他很好，他大概唯一信任的人就是我了，我当然不能浪费了这份信任，不能贸然下手，如果被揭穿，以后还怎么利用这个亲爱的弟弟。"

大王子呵呵地笑起来，我不禁颤抖了一下。

瑾是信任大王子的……我能感觉到，虽然他的态度还是那么冰冷。不然以他的个性，谁都可以不理会，怎么会在大王子召见他后，宁愿带上我也要回国，为他去铲除那个强大的魔兽。

可是他难得的信任被这样利用着……

我的眼前不禁浮现出瑾幼年时的样子，那时候的他是不是也是这样冰冷和狂傲，是不是也像一只孤独的百兽之王一样。

大概只是一只孤独的幼兽，为了生存不断地磨练着自己，让自己长出一身别人无法接近的刺吧。

"不愧是我的儿子，从小就那么有智慧，兼具政治手腕，懂得收买人心和废物利用。连那个生人勿近的贱种都可以收服。"皇后骄傲地夸赞着。

"那也是我花费了无数苦心，加上母后的配合才可以。不过瑾也不是笨蛋，我能感觉到他越长大就越不受控制了，也许早就已经起疑了，只是一直找不到机会下手。这种麻烦，还是尽快除掉最好。"

大王子一向温和的声音，在说到最后一句时，突然变得阴森了起来。

这丑恶的一刻，油然而生出巨大的恐惧盘旋在我心中。

皇后和大王子还在继续说着他们的阴谋，每一个字都像针一样扎进我的耳朵。

我必须要快点告诉瑾，让他防备这对卑鄙的母子。

一只手突然搭到了我的肩，再用力地抓牢，让惊慌失措的我不能动弹。

"大王子殿下，有可疑的人在您的门外偷听！"抓着我的是个高大

的男仆，大声地叫了起来。

大王子和皇后听闻动静，连忙走了出来。

这时我才看见了皇后的模样，还是不见苍老的高贵美妇，可因为刚刚的一番话，她在我的眼中显得格外阴险。

连大王子的模样都变得面目可憎起来，眉宇之间流动着不正之气，我之前怎么会觉得这个人是个温柔的好人，竟然拿他跟信比，真是太侮辱了信！

大王子看到我眯起了眼睛，随即马上跟初次见面那样亲切地笑着。

"原来是你啊，瑾的同学。你怎么会跑到这里来，刚才的话你都听见了？"

我用力想挣扎困住我的手，挣扎不开，只好怒视着大王子，不想回答他的话。

"钰，你见过这个小鬼？他是瑾的同学？那可不行，赶紧杀掉他。"

皇后嫌恶地瞟我一眼，用精致的羽毛扇挡住了她的半张脸，眼神射出来的光无比恶毒。

我感觉抓在我肩上的手开始用力，心里也惊慌起来，连忙看向大王子。

他看着我微笑，像是在考量着什么，但是迟迟没有决定。

感觉到生死一线之隔，我不可以这样坐以待毙。

"如果你在瑾的身边安插了眼线……"我对大王子急急地嚷起来，"就不可能不知道，我也恨死了瑾，想要致他于死地，我要为自己死去的同伴报仇，我们是同一阵线的！"

"哦？"大王子玩味地抬手示意，让仆人停住想把我往外拖的动作，他还是上下打量着我，"苏小姐，我是听瑾家里的仆人说他强行把你带了过来，你还刺了他一刀。"

"她是个女孩？"皇后皱眉在旁边说了一声。

我就知道瑾家里的几个仆人并不单纯，这种情况下反而帮了我一把。

我让自己平静下来，对大王子说："所以今天的事我不会说出去，还要感谢你们帮我对付瑾，简直大快人心。"

"哈哈。"大王子仰头笑起来，低下头时笑容有几分阴森，"我现在还跟你说话，可不是为了让你感谢我们帮着对付瑾。没有利用价值的人我从来不留，你懂吗？"

我只能沉默，他想让我一起对付瑾。

皇后不甚认同地说道："这个手无缚鸡之力的小女孩能做什么，还是赶紧解决了事。"

"敬爱的母后，就是因为她手无缚鸡之力，却能伤了瑾，让瑾一直把她带在身边。这才是他最致命的弱点啊。"大王子弯下腰，细细地审视着我的脸，"我的弟弟爱上你了，恐怕连他自己都不知道。"

我大吃一惊，心脏砰砰乱跳起来，连忙反驳："不可能！"

"我不管可不可能，总之，你说了，我们有共同的目标。那么，你就为这个目标出一份力吧。"

大王子慢慢拉起我的手，在我心乱如麻的时候，往我的手心里放了一个小盒子。

我低下头去看，知道盒子里装的肯定不是什么好东西，手心顿时像是被烫到一样。

"如果我可爱的弟弟还有命回来的话，你把这个放到他喝的水里也行，吃的东西里也行，直接喂他都行，不管用哪种方法。只是失败的话，不可以说出是我给你的，否则，我一定让你比死还难过百倍，相信我。"大王子状似亲切地拍拍我的肩。

这个人到底是卑鄙到了哪种地步，他一方面不想留下瑾，一方面又想着以后可以继续利用他，所以不敢轻易下手，只怕被瑾识破他多年经营的好哥哥形象，所以就要找上我当替死鬼吗？

可是这种情况下我不敢反抗，甚至连一丝厌恶也不敢流露，只能傻傻地看着手里的盒子点点头。

杀掉瑾，这是我前几天曾经想过的事，现在真的要这样做了……

Chapter 3

我被送回到房间，独自坐着等待瑾的归来。

现在我都不知道该是期待他回来，还是不回来好。

想到下落不明的泷他们和这么多天的遭遇，我就生出对瑾的恨意，可是又不希望他真的葬身在魔兽的手中。如果他真的平安回来，难道要他葬身在我的手中？

大王子说瑾爱上我了……想到这里我猛力地摇摇头，一定是他会错意了，不可能的事。

就算我们接过吻……可是那个痛苦的吻也没有半丝爱意在里面。

那个小盒子安静地躺在我校服的口袋里，而本来该在里面的白色药粉，现在全部都被逼着倒进了一个恒温的精美茶壶中，只等着瑾回来。

大王子没有告诉我喝下那些茶会怎么样，肯定不会有好事发生就是了。

看上去比任何一个人都和蔼可亲的大王子，远比我见过的任何一个人都更加阴狠。

我看着窗边的夕阳，天色快要暗下来了。我的心里也越来越着急，鼻子莫名地开始发酸。

为什么总是会有一个看不清脸的蓝发少年出现在脑海里，那么孤独，那么无助，像一只落单的小兽，被包围在阴谋和轻蔑中，还要伪装出坚强的外壳，艰难地成长着。

为什么我开始想要哭泣……

突然想起第一次遇到瑾时，他傲然不可一世的身影又浮现在眼前，藏蓝色的发丝在风中静静飘扬，显得那样光芒四射，那时候我根本不知

道他曾经遭遇过哪些，只是一味地指责他的残忍，还口口声声叫着他恶魔。真正的恶魔直到今天我才见识到。

怪不得我总会从瑾眼中读到一丝不该存在于他这个年纪的苍凉，也许就是那一丝苍凉打动了我，让我想也不想就向代园长求情。

可是我现在要杀了这个人吗……手不小心碰触到口袋里的盒子，我僵了一下，心乱如麻。

"你的表情还真多。"

冰冷又带着一丝邪气的声音突然在我身边响起，冷不丁把我吓得几乎要从椅子上弹起来。

"啊——瑾？！"

我侧过头去，一眼就看到那张熟悉的脸，映着窗边的夕阳，半边被染得金黄，半边隐在阴影中。带着浓浓压迫感的凤目薄唇，俊美强悍，狂妄得不可一世。

瑾回来了，带着一些新伤，脸颊也被划开了一道口子，不过都是很浅的伤口。

他真的平安回来了，短短的不到两天时间，我再看到他，心情却有了翻天覆地的变化。

我一时之间都不知道说什么好了，只好呆呆地看着他。

瑾见到我的反应大概也有一些讶异，微微地挑起眉毛。

我们这样互相注视着，直到我用余光注意到门边侍卫投射过来的目光。

一下子惊醒过来，我刚是在干什么呢？竟然看着瑾出神半天。

可是这个情况要怎么跟他说明？整个王宫都是大王子的地盘，也许在任何一个角落都密布着他的眼线，我不妄想能什么都不做就从这里安然地走出去。

"呃，你回来了，没事吧？累了吧？我去给你倒杯茶！"我猛地站了起来，差点就要撞上瑾。

听到我要倒茶，门口的侍卫偷偷瞄过来的眼神也不再严厉。

瑾没有说话，只是懒懒地盯着我，随即坐到了靠墙的沙发上，好整以暇地翘起二郎腿，像是看我在玩什么花样。

我慢慢地倒上一杯温热的红茶，走到了瑾的面前，毕恭毕敬地对他说："请喝茶。"

瑾一定会明白的，我突然之间对他的态度一百八十度大转弯，他不可能不警觉不怀疑。

快点打翻茶杯，快点打翻茶杯，我在心里默念，脸上尽量维持着若无其事的表情。

瑾冷冷地看了我一眼，伸手接过茶杯，低垂眼睑，竟然将白瓷茶杯放到了自己的唇边。

他是真的要喝？！我大吃一惊，手情不自禁地一抬，刚好打到了茶杯，茶水不经意地洒出了大半。

"啊，对不起，对不起！我太不小心了。"我连忙蹲坐了下来，伸手去擦沙发上的水。

在瑾身体挡住的这一半，我飞速地用茶水在沙发上写上"毒"，然后假意慌乱地拍打着瑾身上的茶水，让他低下头来看我写的字。

瑾肯定是看到了我写的字，可是他的脸色一点也没有变化，让我都猜不透他在想什么。

"笨手笨脚的废物。"瑾一把拉过我，动作并不轻柔，让我有些难受。

我心里想着太多乱七八糟的问题，差点忘了他对我一直是不友善的，这个时候有点被吓到了。也许他根本不会领情，还以为是我单方面在搞鬼。

"看来你除了这个之外就别无用处了。"瑾说着，突然勾唇一笑，然后猛地吻住了我。

吻……吻？！

又是一个吻？！

脑袋轰然一热，再次感受到他柔软但是冰冷的唇，无比复杂的感觉涌上心头，我根本没办法思考，直到过了好一会儿。

老天爷，我刚是为什么会同情这个魔鬼，枉我替他担心不已，在这种时候他还想着侮辱我。

我大大地后悔了，为什么我总是不长教训去同情不该同情的人。回过神来伸手就想给瑾一耳光，手却在半空中被抓住。

"别挣扎了，还是你知道我就喜欢你挣扎？"瑾竟然笑起来，笑得无比邪魅。

这个时候我要很努力才能把视线从他的唇上移开。

"恶魔！去死！"

我奋力地想要抽回手，可是瑾从沙发上站了起来，竟然带着我起来，往门外走去。

我不知道瑾要干什么，惊慌失措地问："你又要带我去哪里？！"

"去哪里？当然是我的卧房。"

瑾眼波流转，让我顿时浑身一僵，感觉腰被大力地揽住，我的身体腾空，任他抱着离开。

"你这个变态！住手！"我气得什么都忘了，无比惊恐地用眼神向侍卫求助，可是对方都是一副看好戏的样子。

瑾没几步就走进了一个简洁明亮的房间，用脚反踢关上了门，就放下了我。

我怒不可遏，才被松开就用力地捶着他推着他，想要开门跑出去。

可是瑾一动也没动，不制止我，也没有挪开挡住门把的身体。

直到我一边骂一边抬头怒视着他，看到他的眼神，才蓦然停止了动作。

瑾懒懒地眨了一下眼，轻声开口："继续。"

"你……"我退开了两步，发现瑾只让我继续，他却没有进一步举动的意思，只是跟一座雕像般站着。

他明白了？他知道我写的那个字是什么意思，带我到卧房只是掩人耳目吗？

"我让你继续。"他又压低着声音开口，见我没有反应，索性手一伸将我抱紧。

我的脸色猛地涨红，条件反射一样尖叫了起来，又开始胡乱地骂起瑾来。

瑾放了手，独自走到卧房的窗边，神色冷峻，像是千年不化的寒冰。

我就傻在门边上，继续按照指示骂着，可是词汇量有限，骂来骂去就那么几个词，看着瑾我又时不时地分心，结果骂出来的内容就变得非常干巴巴。

"行了，演技够烂的，可以闭嘴了。"瑾不耐烦地开口，视线还没有离开窗外。

我顾不得反驳，连忙跑上前去，到他的身边小声地一口气说完："大王子他要害你，逼我在茶里下毒，他从来都是在利用你，你不可以再相信他，赶紧离开！"

瑾回过头，眉头只是皱了皱，又很快回复了充满压迫感的狂妄。

他唯一信任的哥哥其实是想害他的，这个消息难道还不够震撼？为什么瑾没有痛心疾首，没有呼天抢地地叫着"我不信我不信！"之类的，只是微微皱了下眉头？他怎么可以这么镇定。

这个人的心真的是冰做成的吗……我呆立在一旁，视线不由地往下落，落到他心口的位置。

"你早就察觉了吗？那好吧，是我多事了，还以为你真的会喝下那杯茶，担心了半天。"我有点不甘心地鼓起脸。

"我没有察觉，或是没有多怀疑。钰的演技比你好多了，也比你更沉得住气。"他嘲弄地说着，蓝色的眼珠中寒光一闪而逝。

"那你还这么不当一回事的样子！"我皱眉埋怨起来，"他可是你的哥哥！他现在想要害死你！"

"无所谓。"瑾冷冷一笑,"他想杀了我反而比较正常,你不是也一直觉得我是恶魔吗?"

我看着瑾的笑容有些发傻。他的神色虽然一如往昔,可我就是能感觉到不同,直觉他并不是不在意的。

只因为那笑容中冰冰得有些凄绝。

从小到大唯一帮助着自己保护着自己的哥哥,其实一直以来只是想利用他,就算瑾将自己掩饰得再滴水不漏,可是他眼睛深处流动的光芒中,那一抹痛楚我无法忽视,竟然让我的心脏也隐隐作痛起来。

想到自己一直以来口不择言骂着他恶魔,对着他嫌恶的脸色,他似乎也总是不以为意的样子。他到底从小到大接受过多少这样的目光洗礼,以致于觉得别人不喜欢他反而是正常的?

我本来以为被众星捧月的天之骄子,竟然是这样孤独的……

瑾看到我的表情,不满地深锁眉心:"你在同情我?"

"呃,不,不是……"我连忙转开脸。

"你还真是喜欢扮滥好人,一次一次地犯蠢。"瑾伸手将我的脸重新拧向他,表情有些狰狞,"最好给我记住,我不需要同情!还会让你变得比我更值得同情。"

我平静地看着他,沉默了一会才开口:"你不要再装了。"

"我装?"瑾危险地眯起眼睛。

"其实你很难过。"我生气地说,"难过就难过!有什么好掩饰的,那又不丢脸!就像身为哥哥对弟弟好是应该的,而不是想着利用、陷害,他们才是真正的恶魔,丑陋不堪!为什么他们要这样对你!你那时候年纪还很小吧,到底做错了什么!你现在还愿意为那个见鬼的哥哥去提高他什么所谓的民望,他到底有什么理由非要害你,简直是丧心病狂!"

瑾看我义愤填膺的样子,似乎也有些意外。

"你不是很恨我的吗?怎么现在开始担心起我来了。"瑾没好气地甩开扣着我下巴的手。

我低下头，慢慢地说着："我只是觉得如果他们不是这样对你，你不会变成今天这个样子。如果你从小生活在亲情温暖中，也许会更喜欢笑，更开朗……"

"闭嘴！我永远也不会变成那种恶心的样子！收起你无聊的幻想。"瑾一拳头砸在窗棂上，表情变得愤怒起来，"看来你还不明白自己的处境，喋喋不休的时候根本忘了我准备怎么对付你！"

我没有再说话，只是看着瑾。他的身上脸上还带着新伤，虽然并不很深，却让他显得更加凶狠，如孤独的战神一般，强悍又脆弱。

我发现自己再也没办法害怕他了，他越是做出让人想要退避三舍的架势，我竟然就越是想要轻轻地伸手去安抚他。

等我回过神来时，发现自己也的确这样做了。我的两只手轻轻握住了瑾的手，那只手上还戴着白色的手套，刻着金纹，并不像想象中的冰凉，也有着正常人的体温。

瑾的眼睛再一次闪过痛楚，这一次他却没有怎么掩饰，只是反握住我，然后低头，再一次狠狠地吻住了我。

短短的几天时间，这是我们第三次接吻。

不同于以前报复的吻，伪装的吻。

这个吻虽然还是充满着瑾的压迫感和侵略性，却不再像以前那样感觉恶意，像是传达出他所有的痛苦和孤寂，竟然让我茫然不知所措，跟着心脏揪痛起来，不忍心推开。

我有些晕眩，觉得自己已经不受控制。

夜色渐渐降临，我们在没有开灯的房间里无声地亲吻着，瑾在黯淡的光线中更像飞宇学长……

直到门外纷乱的声音让我清醒过来。

"苏秒！苏秒！你在哪里？！"

有人这样焦急地喊着。

没想到在凤之国也可以听到别人呼唤我的名字，而且声音是那样的熟悉！

Chapter 4 重逢

灿！

我打了个激灵，猛力一把推开了瑾。

是幻觉吗？！我怎么会在风之国听到灿的声音？

"苏秒，小乌龟，你在哪里？！"

灿的呼喊再一次在门外不远处响起，我终于发现那不是幻觉，是真真切切的灿。

他活下来了，而且来到了风之国！还健健康康地叫着我小乌龟！

我激动不已，立马就要跑出去，可是却被瑾制止。

他的眉头深锁，眼神无比复杂，我已经没心思去分析那都是些什么色彩，知道灿平安无事让我高兴得忘乎所以。

我想要推开瑾拉住我的手，可是他的力气非常大，抓着我手臂纹丝不动，手指几乎要掐进肉里，握得我生疼。

我不明白他为什么这个时候还要阻拦我，连忙大声地叫起来："灿！我在这里！我在这……唔。"

呼喊被封住，瑾竟然拿手捂住我的嘴巴，低低地说着："不准跟他见面，不准走，不准离开我。"

瑾的声音带着七分的霸气，两分的痛苦，还有一分那时候的我还说不出来是什么。

很久之后我回想起来，那一分，也许是无助。不过那时候的我从来不觉得总是傲视一切的瑾也会有无助的时候。

我的嘴被捂着，只能瞪着瑾，不明白他的意图。

还好我的呼喊灿似乎听到了，马上有脚步声向这里奔来，随即卧房的门被拧了一下，没有拧动。然后一声巨响，那门便直直轰然倒塌……

映入眼帘的是一头酒红色的头发，同样色泽的大眼睛，还有鼻翼闪动的钻石，灿的脸就随着倒下的大门猛然呈现在我眼前。

"灿！"瑾捂住我嘴巴的手已经松开，让我能大声地惊呼出来，"灿，你真的没事！"

"小乌龟，你真的在这里！"

灿看到我惊喜不已，展露出让骄阳都失色的笑容，想要大步朝我跑来，才跑两步就被一道无比凌厉的蓝色光影逼退了脚步。

灿警觉地立刻摆出待战的姿势，抽出了手中的长剑。他的红光战气剑已经为了保护我断成了几截，现在拿的是普通的长剑，可是散发出来的气势却更胜以往。

蓝色的光影自然是出自瑾之手，他没有给灿喘息的机会，将光鞭挥舞得水泄不通，光鞭所到之处没有一处可以幸免，全部碎裂成粉尘一般迸裂开来。

"你干什么！灿好不容易没事，你干嘛打他！"

我在旁边焦急地想要制止住瑾，几次险些被光鞭擦到，都被挡到了一边。

"小乌龟，你待在一边，不要乱来！"

灿比我更焦急，反而替我担心起来，这一分心就让他很明显地处于劣势。

眼见灿马上就要被鞭子打中，我惊叫了起来，什么也顾不得了，想往灿那边跑去，挡在他的身前。

感觉到光鞭带着劲风向我的背后袭来，我只能闭上眼睛，等待着自己皮肉被分离的那一刻。

接着却是许久的安静。

一直没等到痛苦临降的那一刻，我小心地睁开了眼睛，眼前的人已经替我用剑卷住了光鞭，制止住了下落的趋势。

那个人有着无比高大的身形，墨色的长发，如雕像般完美至极的轮廓，周身散发着金色的霞光。只是看一眼就不禁心生敬畏，那是最接近传说和神的人——泷！

泷只要出现就会让人觉得无比心安，有着镇压全场的强大气场。

况且还有随后出现的信，他缓缓地走上前来，红润柔软的唇泛起一丝温柔的笑。

我的眼泪几乎要夺眶而出，连信也过来了，他们全部都安然无事，我提心吊胆悬了这么多天的心，终于大石落地。

"你们都平安吗，没有掉进悬崖吗？我担心了你们好久。你们怎么会来这里的？怎么会知道我在这里的？！"我像连珠炮一样地问起来。

泷还在与瑾僵持着，只是垂眼淡淡地看了我一眼，灿就冲了过来拉起我。

"小乌龟！我才要问你怎么跟瑾这个混蛋来风之国呢！我们都没事，不过也费了不少力气才能从悬崖上来，之前我看到瑾带着你飞走了，可是上来之后四处找不到你的踪影，一路追查到了风之国，可担心死我了！这个混蛋没有对你怎么样吧？"

灿比我更加连珠炮，也不管现在的情势，拉着我左看右看，惊呼起来："你还受伤了！"

"我没事，伤都已经快好了……"听到灿说到瑾，我才想起来自己正置身何处，之前正在和瑾做着什么事，现在脸上才后知后觉地烧起来。

暗暗地回头看了一眼瑾，我觉得有些心惊。

他狠狠地想要抽回自己被泷制住的光鞭，脸上的表情变得格外嗜血，像是受伤的野兽在绝境处的眼神，不顾一切的疯狂，痛苦，热烈。

瑾怎么会是这个样子……让我的心脏跳动都暂停了几拍。

"肯定是他害你受伤的吧！还强迫你来风之国，不知道是有什么阴谋。"灿愤怒地举剑对准瑾，"我来替你教训他！"

"不是的，你们别打！"

我的惊呼灿没有听见，他已经纵身向瑾进攻过去。瑾也一发力抽回了自己的光鞭，挥鞭狠狠地攻向灿。

他们怎么才见面就打得这么激烈，我又想上去阻止，被信拉住。

"这个房间虽然很大，但难免会误伤到你，先跟我出去。"

信带着我往房间外走去，我回头的时候看到瑾的神色竟然一变，飞快地调转方向攻击向信。

泷替信挡住了来自背后的光鞭，战场一直扩大延伸，乱成一团，根本没有我插嘴的余地。

怎么也没想到再见面时会是这样的一场混乱。

我被推到了一边，只能在旁边干着急，根本不知道自己是担心谁多一点。

我一直都是站在泷他们这一边的，可现在瑾毕竟处于劣势……

"打得好，我可是一直在等待着这一刻。"

一个毒蛇吐信般的阴冷声音突然从我背后传来，像是死神悄无声息地来到了我的身后，让我无比心惊。

在我马上要惊叫出声的时候，一只手飞快地缠上了我的脖子，把我的惊呼全部扼制在了咽喉中。

这似曾相识的气息，扼住我脖子上的手，我看到了他手指上的白色骨节戒指。

不可能，不可能……我尽力回过头去看，真的瞄到了看不见脸的黑帽底下，如烛火般幽然的荧光。

竟然是把我送到这个世界，许久未见的黑帽子！我简直不敢相信。

为什么连他都会出现在这里？！

只要他一接近我，我就会从心里生出无比的恐惧，在马车上的时候是，在这一刻尤其。我的心里生出强烈的不祥预感……

"你看到没有，那就是他们的琉之钻，无比美丽的钻石，就是我需要你帮我拿回来的东西。现在就是你该发挥作用的时候了。"

黑帽子低低地在我耳边说着，让我毛骨悚然。

随着他的手指看过去，我发现瑾和灿都已经受了伤，衣服被撕开了，都露出了胸前无比璀璨夺目的钻石，比我看到过的任何钻石都更加美丽。原来这就是我一直在寻找的琉之钻？！

可那钻石像是他们身体中的一部分一样，镶嵌在肌理之中，黑帽子为什么要让我拿出钻石？拿出来他们会怎么样？

我来不及思考就感觉自己一下子被带离地面，被黑帽子抓起飘浮在半空，脚不着地的重力让脖子上的钳制更加难受。

就在那一瞬间，泷像是感觉到了不寻常的气息，同时猛地回过身来，视线无比凌厉地看向我这边。

"什么人？！"他看到了凭空出现的黑衣人也颇为讶异，却依然沉着，充满着王者之风。

听到泷的话，灿和瑾都稍顿了顿正在打斗的动作，回过头便看到了我和正挟持着我的黑帽子。

"那是什么东西啊？快放开小乌龟！"

灿一看到这情形马上惊骇地叫了起来，也忘了跟瑾继续打下去。连瑾都收了手，看到我这边，眯起了眼睛。

"呵呵呵。"黑帽子笑了起来，像是来自地狱深处的笑声，笑得我万分不舒服，"你们不用管我是谁，只要把身体里的琉之钻给我就行。"

瑾和灿都不由低头看了一眼自己胸口的钻石，更加警戒起来。

"你为什么要那些琉之钻？给了你之后会怎么样？"我被扼住脖子，连呼吸都有些困难，可是看着瑾他们的反应觉得有些奇怪，吃力地说着，"你们不要听他的……这个怪人很危险……"

"不要听我的？那就是你必须提前去死了。"

黑帽子加重了手上的力量，让我几乎晕厥，灿着急地想要跑上前，泷和信也都全身戒备伺机而动，但都被黑帽子威胁性的动作制止住。

只有瑾的蓝色光鞭直接电光火石般朝我身边扫过来，无比狠辣的攻势，在黑帽子把我挡在身前的时候，在鞭子几乎要打中我的时候，生生地收了回去。

这一攻一收之间，瑾像是用了十成的力气，收回时自己也踉跄着后退了两步，半跪到了地上，低下头微微地喘气。我的心也跟着揪紧。

泷注意到瑾这样的举动，眼神沉了几分，看了他一眼，再深深地看向我，像是看进了我的心里，我所有的秘密都变得无所遁形。

"疯子，你果然是很在意她呀，看来我找到了颗最好的棋子。"黑帽子狠狠地笑起来。

听到黑帽子的话，灿愣了愣，也皱眉去看瑾。

"我的好棋子。"黑帽子对我说着，"还是让他们乖乖听话，交出钻石吧，虽然这个结果是他们会去死。你说，他们会不会愿意为了你去死？"

我的意识快要脱离肉体，可是听到黑帽子的话还是大吃一惊，努力让自己清醒过来。

拿出钻石他们就会死吗？！我现在才知道，自己竟然是因为这样可怕的目的来到这片大陆。

难道我从头到尾就只能扮演着害人精的角色不成？

才刚见到泷、灿和信，还有孤独的瑾，现在无论如何我都不希望他们出事。

我极力地让自己呐喊出声："别管我！别管我！"

"短短的时间，你就这么在意他们了？感情深厚到连自己的性命都可以不管？真是感人。"黑帽子恶毒地说着，"就不知道他们是不是跟你也有这样深厚的感情了。各位王子，不希望我将她马上烧成灰的话，把自己的琉之钻交出来吧，我知道你们都愿意的，不要浪费时间。"

我在半空中奋力地蹬着腿，想要摆脱钳制，可是抵挡不住窒息的感觉越来越强烈，意识也越来越游移。

已经说不出话来了，我只想说不要……不要听黑帽子的话……

仰望着我们的四个少年，每个人的表情都不同，都是那么复杂，我已经无法猜到他们此刻内心的想法，现在只希望他们可以丢下我赶紧离开就好。

"先放开小乌龟，我给你琉之钻！"

灿上前了一步，眼睛清澈明亮，坚定地说着。

灿！？他怎么可以这样！他明明知道我一点也不希望自己会危害到他们！我整个人都细微地发起抖来。

这个大笨蛋，他比我想象中的更笨！笨到连性命都可以随便舍弃，笨到我想哭。

"别跟我讲条件，我的耐心并不太够。"

黑帽子才说完，一团漆黑的火焰突然由上至下，猛然袭卷住我的全身，随之而来的是从未承受过的锥心刺骨的痛苦，让我不能控制地惨叫了起来。

眼前时不时地发黑，身上的黑色火焰像是从每一个毛细孔里钻进我的身体，我甚至分不清那是冰冷还是灼热的痛感，好像连灵魂都被烧得所剩无几。

"小乌龟！！"

灿大叫一声，握着剑的手简直要把整个剑柄都捏碎，他无比心痛和震惊的样子让我觉得非常不妙。

我的每一寸皮肤每一个骨骼都经受着燎烧的痛苦，可是那黑色的火焰只是带来痛感，并没有真的烧焦我的皮肤，我还能看见灿的表情，所有人的表情。

灿方寸大乱的心痛，信咬紧下唇的担忧……泷没有太多的反应，可是他整个人就犹如开始愤怒的神灵，让整个世界的天空都为之阴云密布。每一个人不再冷静，顾不上再做出完美的防御姿势。

还有……瑾的绝决……

他依然半跪着，抬起头来，我几乎有了错觉，那冰蓝的眼珠一下子变成了满是杀意的红色，马上就可以流下鲜血一般。

只是看到他们这个样子，此刻哪怕再灼热的火焰也无法抹去我周身的寒意。

不要这样，我不过只是个认识没有多久的无聊人不是吗？为什么值得他们为我的安危有这么强烈的反应。我是应该为此而高兴吗？可是我为什么一点也高兴不起来？

"不，不……啊——"

眼泪不能控制地奔涌而出。我很想要说话，可是不能负荷的痛苦让我已经没有能力说出一个连贯的句子。

比起身上的痛苦，心里的痛苦更让我无法呼吸。

绝对不希望，绝对不希望他们被伤害。我此刻更是打心底里想要看到他们可以丢下我离开，或是一直攻过来，让我跟黑帽子一起堕入地狱。

神啊，请你听听我内心的呼喊吧。

可是神没有眷顾我，灿咬紧牙关，那个十足的大笨蛋紧皱眉头，突然对着我笑了一笑。

我为了那个笑容颤抖了一下。

"小乌龟，我不知道自己为什么这么在意你，可是从见到你的第一眼，我的视线就不想从你身上离开，每时每刻都想看到你的笑容。我知道这样很奇怪，很奇怪……可是那不是我自己可以决定的，就像现在……我……"

黑色的火焰还在我的身上燃烧着，时不时遮蔽住我的视线，但我还是看到了灿慢慢举起手中的剑——对准自己的胸口。他举剑的动作很慢，仿佛是不经意举起来的，却没有丝毫的犹豫动摇。

我已经不能再发出一个音节，不能去制止灿的动作。

不，还有更可怕的事。我在这个时候还不得不分心。

一直一言不发冷冷半跪在一边的瑾，这时也没有说话，只是静静地站了起来，注视着我，就像他刚刚在没有开灯的房间里才会流露出来的

视线。

他要做什么……灿又是要做什么……谁快点去让他们清醒过来啊!

我觉得自己都快疯了,为什么要让我来到这个世界,为什么让我面对这样绝望的一刻。

剑猛地被灿插进了他的胸膛,挑出了那颗晶莹无比的琉之钻,快得连泷都根本没办法制止。

"小乌龟……不要太快忘记我。"

灿带着那让我泪流满面的笑容倒了下去,我已经分不清楚是火焰的痛,还是心里的痛,让我像是疯了一样地嘶鸣出声。

在这个时候我如果能晕过去就好了,至少不用亲眼目睹眼前的一切,不用再看着瑾的手指也插进了他的胸膛……

没有迟疑,甚至没有痛觉一样的,狠狠地插了进去,抓住了那颗钻石。

瑾什么也没说,只是安静地在泷和信的后面看着我,在他们为灿的举动震惊的时候,几乎没有人注意到瑾。只是那个视线一直停留在我身上。

鲜血四溅!

那一刻我已经完全忘记了身上的痛楚,觉得比任何事都还难过,我情愿死上千回万回,只要时光可以倒流,只要这种画面不再重演。

沾染着鲜血的钻石发出夺目的光华,几乎同时从灿和瑾的身体中脱出,飞向了半空。

我的心也像是跟着飞出了胸膛,带着活活被撕裂的伤痛。

黑帽子大喜过望地阴阴笑着,想要去接琉之钻,松开了一直扼在我脖子上的手。

我从半空直直地掉落地面,精神已经恍惚得几乎忘记自己置身何处,也没有一点从高处摔下来的恐惧。

似乎有人接住了我,却看不清是谁,也看不清是谁攻向黑帽子的身形。脑中像是被鲜血浸染一样,那是灿和瑾的鲜血,让我的整个世界都

只有一片滚烫的血红。

那一片血红中是灿和瑾最后印在脑海中的模样，不停地侵袭向我，天旋地转。

在闭上眼睛前的一刻，我都能感觉到自己在疯狂地流泪，抽搐般地颤抖着。瑾……灿……还有泷和信……求求你们了，一定要平安……

我无力呢喃，直到被深不见底的黑暗淹没，如狂潮一般将失去知觉的我彻底包裹其间……

图书在版编目（CIP）数据

花样龙之国 / 米朵拉著 . — 北京：当代世界出版社，2012.11
ISBN 978-7-5090-0841-6

Ⅰ . ①花⋯ Ⅱ . ①米⋯ Ⅲ . ①长篇小说 – 中国 – 当代
Ⅳ . ① I247.5

中国版本图书馆 CIP 数据核字 (2012) 第 131160 号

花样龙之国

作　　者	米朵拉
出版发行	当代世界出版社
地　　址	北京市复兴路 4 号（100860）
网　　址	http://www.worldpress.com.cn
编务电话	（010）83908456
发行电话	（010）83908410（传真）
	（010）83908408
	（010）83908409
	（010）83908423（邮购）
经　　销	新华书店
印　　刷	北京普瑞德印刷厂
开　　本	710mm × 1000mm　1/16
印　　张	14.5
字　　数	200 千字
版　　次	2012 年 11 月第 1 版
印　　次	2012 年 11 月第 1 次
书　　号	ISBN 978-7-5090-0841-6
定　　价	22.80 元

如发现印装质量问题，请与承印厂联系调换
版权所有，翻印必究；未经许可，不得转载

花样
龙之国 1
Flowery Dragon Country

米朵拉 / 著

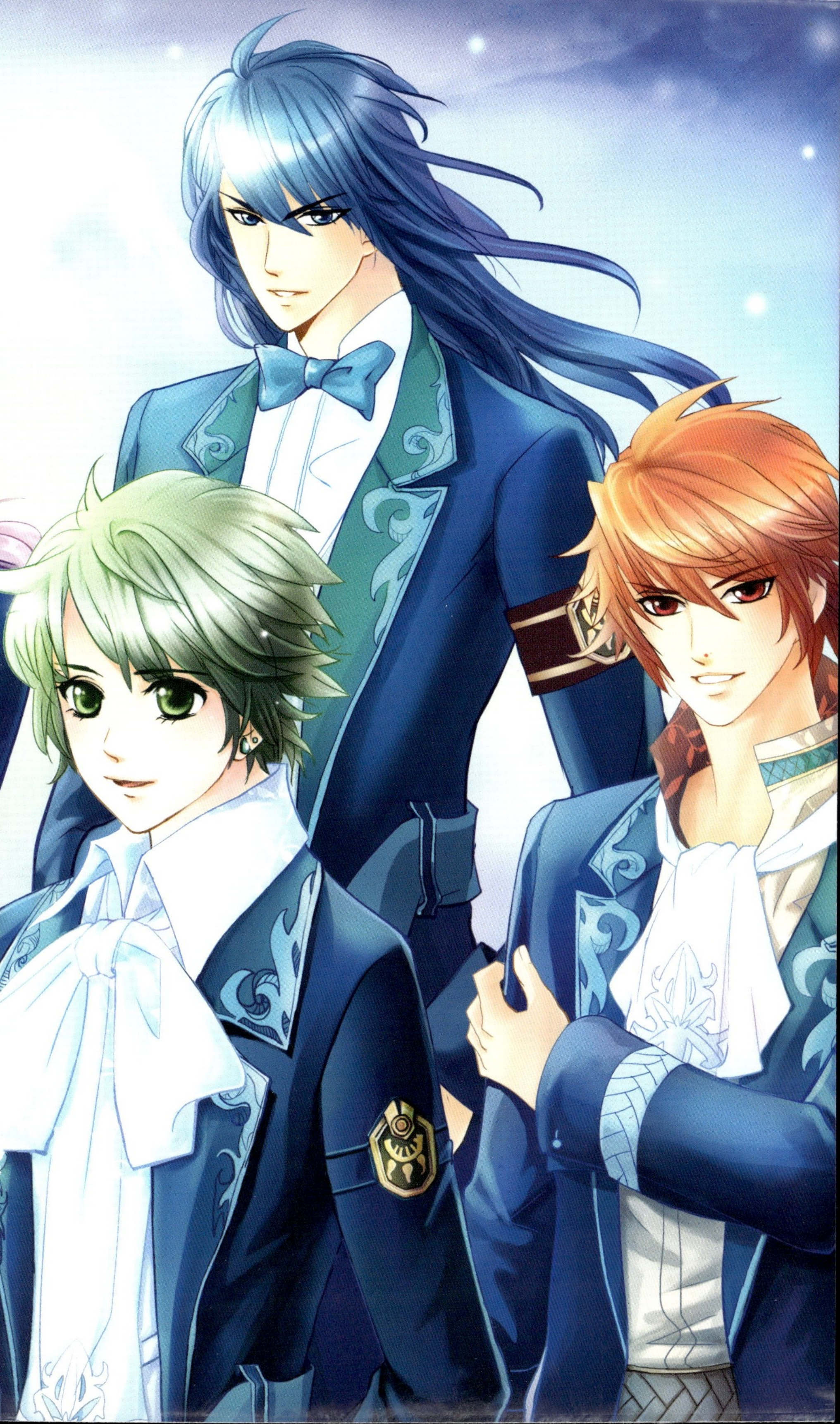

花样龙之国
Flowery Country
Dragon 1
米朵拉 /著